CONTOS ESCOLHIDOS

IVAN

BÚNIN

CONTOS ESCOLHIDOS

TRADUÇÃO, SELEÇÃO E PREFÁCIO
MÁRCIA PILEGGI VINHA

PROJETO GRÁFICO E ILUSTRAÇÕES
HÉLIO DE ALMEIDA

Amarilys

Amarilys é um selo editorial Manole.

Este livro contempla as regras do Acordo Ortográfico
de 1990, que entrou em vigor no Brasil.

CAPA, PROJETO GRÁFICO E ILUSTRAÇÕES
Hélio de Almeida

DIAGRAMAÇÃO E REVISÃO
Depto Editorial da Editora Manole

CRÉDITOS FOTOGRÁFICOS
P.2: © Album / Akg-Images / Latinstock; p.6: © Getty Images,
© Album / Akg-Images / Latinstock, © Gamma-Keystone via Getty Images

Dados Internacionais de Catalogação na Publicação (CIP)
(Câmara Brasileira do Livro, SP, Brasil)

Bunin, Ivan Alexeievitch, 1870-1953.
Contos escolhidos / Ivan Búnin ; tradução de
Márcia Pileggi Vinha ; projeto gráfico e
ilustrações Hélio de Almeida. — Barueri, SP:
Amarilys, 2014.

ISBN 978-85-204-3156-6

1. Contos russo I. Almeida, Hélio de.
II. Título.

13-11385 CDD-891.73

Índice para catálogo sistemático:
1. Contos : Literatura russa 891.73

Edição brasileira – 2014

Editora Manole Ltda.
Av. Ceci, 672 – Tamboré
06460-120 – Barueri – SP – Brasil
Tel.: (11) 4196-6000 – Fax: (11) 4196-6021
www.manole.com.br | www.amarilyseditora.com.br
amarilyseditora@manole.com.br

Impresso no Brasil | *Printed in Brazil*

Sumário

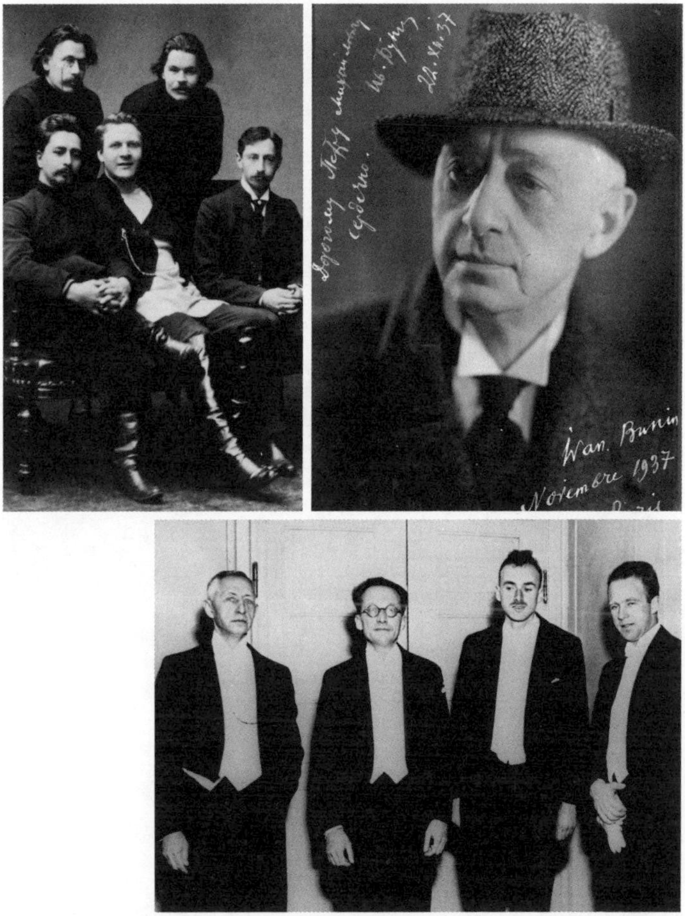

Da esquerda para a direita: alguns membros do grupo literário russo Sreda *– em pé, o editor K. P. Piatniski e Maksin Górki; sentados, Leonid Andreiev, Feodor Chaliapin e Ivan Búnin (1902); Búnin em 1937; o escritor na cerimônia de entrega do Prêmio Nobel de 1933, ao lado dos físicos Erwin Schrodinger, Paul Dirac e Werner Heisenberg.*

Uma vida sitiada, mas não sem amor

MÁRCIA PILEGGI VINHA

Contar um pouco da vida e obra de Ivan Búnin é deparar-se com certo desconforto dos lugares-incomuns. Por ter vivido num período de guerras e grandes mudanças sociais e políticas, somente as coordenadas do contexto histórico não bastam para se compreender de fato sua grandeza, ainda que ele tenha conquistado vasto reconhecimento durante a vida, cujo ápice foi o Prêmio Nobel de Literatura. Logo, um olhar em retrospecto permite compreender melhor a pessoa e o autor das páginas que estão por absorver o leitor.

Aristocrata, Búnin nasceu numa família da nobreza rural russa que estava em pleno empobrecimento. Sua classe vinha sofrendo desde 1861, quando a emancipação dos servos iniciou o declínio econômico que estava eliminando o modo de vida tradicional das grandes propriedades senhoriais tão retratadas na literatura russa clássica, como em *O jardim das cerejeiras*, de Tchékhov e em *Anna Karênina*, de Tolstói. Cada vez com menos recursos, sua família perdia suas posses, chegando a ficar sem moradia e a tirar da escola o então pequeno escritor. Como consequência, o filho mais velho da família Búnin encarregou-se em parte da educação do irmão menor, enquanto este, desenvolvendo habilidades autodidatas, ainda jovem começou a trabalhar num jornal para o próprio sustento. Da infância e juventude o escritor reteve a impressão de que o modo de vida e os costumes que caracterizavam, por gerações, sua família e sua região, Oriol, na Rússia Central, estavam minguando, fadados a desaparecer. Por esse motivo, o leitor encontrará histórias ambientadas na Rússia rural e construídas sobre o pano de fundo de uma sensação de perda irreversível. Tal sensação, construída por longas descrições sinestésicas, permearia toda a obra do escritor.

Considerado um "estilista" da língua russa, Búnin escreve prosa como escreve poesia: atento ao ritmo, à sonoridade e à fluência do texto. Para ele, escrever prosa era como prolongar versos. Consagrado primeiro como poeta nos moldes da poesia clássica russa, ele ganhou três vezes um dos mais importantes prêmios literários de então, o Prêmio Púchkin, em 1903, 1909 e 1915, precisamente por livros de versos e por sua tradução de *The Song of Hiawatha*, de Henry Longfellow. Havia críticos que associavam seu trabalho ao de Púchkin e seus versos agradaram vozes contrastantes do universo literário da época, como o escritor Anton Tchékhov, o simbolista Andrei Biéli e Maksim Górki, fundador da literatura soviética.

Mas havia controvérsias. No começo do século XX o simbolismo cristalizava-se enquanto forma literária, ao mesmo tempo em que o futurismo, o modernismo e o *avant-gard* russo floresciam como uma nova percepção artística do ser, do corpo, das letras e da tecnologia. Búnin não apreciava o entusiasmo pelo experimentalismo artístico. Após um período de engajamento tolstoísta na juventude e uma breve empatia com os simbolistas, esquivou-se dos movimentos, repudiando experimentalismos de qualquer natureza. Para ele, Maiakóvski era uma aberração, como pessoa e como poeta. Certa vez o poeta futurista teria perguntado a Búnin "Você me odeia, não?", a que ele teria respondido: "Não. Isso o honraria em demasia." Em contrapartida, os modernistas não viam em Búnin nada além de um "dinossauro" da poesia e renegavam o estilo clássico, sua métrica e sonoridade. Quanto a isso, convém chamar atenção do leitor para o conto A *velha*, integrante dessa seleção, por revelar seu olhar e sua fina ironia sobre as vanguardas naquele contexto.

Como prosador Búnin consagra-se com a obra A *aldeia* (1910), em que retrata o camponês de forma severa e realista. Rompendo com a tradição literária em que o mujique era idealizado como um homem de índole boa e servil, o autor retrata a vida na aldeia repleta de brutalidade e ignorância. Por conhecer bem as minúcias da cultura popular, Búnin trouxe à tona uma nova faceta da identidade russa e revelou um verdadeiro abismo entre o intelectual e o mujique, mostrando com que naturalidade a violência mediava as relações humanas, repletas de agressividade. Depois de A *aldeia* seguiram-se outras obras em prosa, como o conto O *senhor de São Francisco* (1915) e a novela *Sukhodol* (1912), que se tornaram igualmente célebres. Nelas Búnin explorou novos temas, como a existência, o amor, a sexualidade e o materialismo e logo passou a ser mais apreciado pelos leitores e pela crítica como prosador do que como poeta. Outras obras, como O *amor de Mítia* (1924) e O *processo do tenente Ieláguin* (1925, ambas com tradução para o português de Boris Schnaiderman), já publicadas no exílio, vieram consolidar a reputação de sua prosa realista, impecável e sutil, conseguida também mediante revisões intermináveis às quais Búnin se dedicava indefinidamente.

Ainda que evitasse associar seu nome a qualquer movimento, tratava-se de uma época em que a orientação política contribuía fortemente para caracterizar os cidadãos. A Guerra Russo-Japonesa viera com seus desastres militares, que contribuíam para aumentar a insatisfação geral, cujo símbolo maior é a Revolução de 1905, em que trabalhadores acabaram assassinados durante uma manifestação, no conhecido Domingo Sangrento. Já a 1ª Guerra Mundial, embora contasse com o patriotismo nacional num primeiro momento, tornou-se uma máquina de destruição sem precedentes que chocou a população e fortaleceu a convicção de que mudanças políticas, econômicas, sociais e agrárias eram imprescindíveis. A Revolução de 1917 veio como fator decisivo para efetivar, à força, as mudanças ansiadas pela maioria da população, dividindo as pessoas entre os brancos, que eram favoráveis ao tzarismo, e os vermelhos, favoráveis à queda da monarquia. Em razão da violência da Guerra Civil instalada do período revolucionário, vendo a propriedade de sua família ser confiscada e quase sendo assassinado por camponeses, Búnin posicionou-se a favor dos brancos. "E as relações humanas?", perguntava ele. "Como construir uma sociedade justa a partir das trevas da violência? Está fadada ao fracasso", afirmou em tom profético. Assim, a Revolução Russa de 1917 foi para ele um cataclismo de proporções inigualáveis, cuja representação literária pode ser observada no conto *Fim* desta coletânea.

Oponente severo do regime vermelho, Búnin mudou-se em 1918 da Moscou bolchevista para Odessa, bastião branco durante a Guerra Civil, onde editou o jornal A *Palavra do Sul*, que defendia a causa branca. A região acaba por cair sob o comando vermelho e o escritor, observando o extermínio progressivo da *intelligentsia* russa, teme pela própria vida e parte num navio de refugiados em 1920 rumo a Constantinopla. De lá, ele e sua esposa, Vera Múrometsova, passam por outros países para se estabelecerem na França, entre um apartamento em Paris e uma casa nos Alpes Marítimos. Ao partir, ele assume o risco de esconder na mala seu diário dos anos de Odessa, em que relata com detalhes o dia a dia da Revolução. *Dias execráveis*, publicado somente décadas depois, veio a ser uma importante obra da literatura documental, já que a maioria dos relatos do tipo foram destruídos.

Búnin emigrara com cinquenta anos e até o fim de seus dias permaneceu apátrida, sem jamais retornar à URSS. A separação da pátria-mãe foi um marco visível na sua vida: no exílio, persistiu divulgando a destruição bolchevique na publicística; já na ficção, continuou recriando a Rússia imperialista e seus costumes. Poucos contos, entretanto, abordam o homem seccionado – aquele sem identidade, destituído da própria terra, refugiado sem vínculos, vítima da violência –, representação do humano que pode ser observada nos contos *Outono frio*, *Hora tardia* e, novamente, *Fim*.

O exílio veio para ele, e também para a grande massa de refugiados, como algo temporário, até que a ordem se restabelecesse. Com a consolidação do regime comunista, porém, seu nome, bem como o de outras personalidades da vida cultural e científica da Rússia, caiu em desgraça no país natal: seus livros foram proibidos e caçados, biblioteca por biblioteca, escola por escola, prateleira por prateleira, e destruídos. Sinônimo de "inimigo da pátria", a simples menção ao seu nome resultava em prisão durante o regime de Lênin e Stálin. E com tais condições, a maioria dos refugiados brancos ou da assim chamada primeira onda da emigração russa, que alguns estudiosos estimam chegar a seis milhões de pessoas, temia o retorno ao novo país, a URSS, construído sobre "as ruínas da velha Rússia". A dor emocional da separação da pátria era tamanha que muitos retornaram, sendo executados ao chegar ou enviados a campos de trabalhos forçados.

A diáspora russa dissipou-se pela China, Alemanha, França, Estados Unidos, Canadá e América do Sul – tendo na região o Brasil como um dos principais destinos (convém notar que importantes promotores da cultura em nosso país vêm desse período, como Tatiana Belinky, Jacob Guinsburg e Boris Schnaiderman). Paris tornou-se a capital da emigração, com cerca de meio milhão de russos frequentando os cafés parisienses, então praticamente bilíngues. Nela se estabeleceram editoras russas, jornais eram publicados no idioma, circulando mundo afora, e os espetáculos russos, sobretudo o balé e a ópera, estavam entre os mais célebres já vistos e eram frequentados pela elite intelectual russa, ou seja, militares, nobres, artistas, escritores, filósofos, cientistas e representantes do clero ortodoxo. Dentre eles, mencionamos alguns nomes que fizeram história no balé, como Serguei Diágliev, Anna Pavlova,

Mikhail Fókin e Vatslav Nijínski, na música, como Igor Stravínski e Fiodor Chaliápin e na literatura, como Konstantin Balmont, Zinaida Gippius, Igor Severiánin e Téffi.

No exílio, Búnin trabalhou ativamente e algumas das suas mais célebres prosas como *Insolação, Ida* (ambas de 1925) e *A vida de Arseniév* (editada por partes ao longo de uma década) foram publicadas em russo, por editoras russas com sede no exterior. Convivendo, não sem reserva, com os exilados, ele conheceu Galina Kuznetsova, uma jovem poetisa, por quem se apaixonou. A pretexto de ajudá-lo a editar seus textos, Galina mudou-se para sua casa, morou com o casal por quinze anos e colaborou com a edição de *A vida de Arsêniev*. Búnin era apreciado entre seus irmãos de exílio por, sendo uma personalidade de destaque, opor-se publicamente àqueles que haviam "destruído a civilização russa". Em terra estrangeira, sua atividade literária ganhou novos horizontes para além da diáspora russa. Ele passou a ser traduzido para diversos idiomas e apreciado por muitos contemporâneos, como Rainer Maria Rilke, Thomas Mann, D. H. Lawrence e André Gide, que elogiavam sua perspectiva e maestria com as palavras. Apoiado anos a fio por Romain Rolland, em 1933 ele recebe o Prêmio Nobel de Literatura. Pela primeira vez o prêmio era entregue a um russo, o que agradava em particular a comunidade russa, autodenominada "russos sem a Rússia", que via em seu idioma a mais rica herança do país natal. Enquanto isso, na URSS, ele permanecia obscuro, sua condecoração vista como uma provocação política.

À premiação seguiu-se um período de afã editorial, durante o qual Búnin era tratado como celebridade e requisitado como tal. Foram congratulações de diversas partes do mundo, um insistente assédio da imprensa, incontáveis entrevistas e convites para ser publicado. Vendo no prêmio uma oportunidade de ajudar outros refugiados, muito do dinheiro foi doado a fundos de assistência, emprestado a amigos ou perdido em maus investimentos, de forma que em breve ele se via novamente sem meios. Abalou-se também sua relação com a comunidade russa de Paris, já que Búnin recusava usar sua fama para dar mais vigor e força política à causa dos exilados. Cansado de atender ao entusiasmo ao seu redor, ele em breve passou a se esquivar da sociedade, preferindo a introspecção e recolhendo-se no estudo de Lev Tolstói, sua maior referência literária. Como resultado dessa fase ele escreve o livro *A libertação de Tolstói* (1937), em que dialoga com o romancista em busca do sentido da existência, citando, questionando e interpretando passagens da obra dele.

No começo da 2ª Guerra, Galina Kuznetsova abandona o escritor, apaixonada pela cantora Margarita Stepun, irmã do crítico e escritor Fiodor Stepun. Negando-se a publicar durante a ocupação nazista da França, ele se viu sem trabalho e empobrecido, privado de comida e aquecimento durante o inverno. Por anos ele e Vera passam fome, vivendo do próprio e pequeno cultivo de algumas hortaliças e legumes, recebendo ocasionalmente remessas de amigos no exterior ou da Cruz Vermelha. Em Grasse, sul da França, não distante da residência do casal, havia uma base militar nazista, o que não impediu Búnin de acolher amigos judeus, como Galina e sua companheira, e prisioneiros de guerra russos até lá levados pelos alemães. Indignado contra violência de qualquer natureza, ele continua a vociferar contra Hitler e Mussolini, sem contudo, deixar de criar. "Como vivo nesses dias?", Búnin escrevera em seu diário, "Fico lembrando e lembrando..." Fraco, em absoluta miséria e com cegueira por desnutrição, justamente nesse período ele se dedicou à obra que seria posteriormente considerada por críticos como sua maior criação, o livro de contos *Aleias escuras* (1946), cujo conto homônimo está incluído nesta seleção. A recriação da Rússia pré-comunista é reconstituída por ele com tamanha fartura de detalhes e delicadeza, combinada com questionamentos eternos a respeito do amor, da existência, da memória e do sofrimento que gera o aprimoramento espiritual. "É o que de melhor e mais original eu já escrevi", dissera Búnin. A apreciação do público e da crítica veio, no entanto, somente muitos anos depois. Na época imperaram as críticas que o acusavam de exceder no erotismo, de maneira que a renda do livro foi mínima, frustrando as expectativas do escritor. Passando a contar com a ajuda financeira de amigos e admiradores e com doenças crônicas, Búnin é cada vez menos lembrado e, em 1953, falece em Paris, vítima de problemas pulmonares.

Quase uma década após sua morte, Búnin volta a ser publicado na URSS, mas somente com a *glasnost* e *perestróika* obtém maior penetração entre os leitores e publicação em diversas editoras. À época, críticos buscavam entender como a união da literatura russa do exílio e da literatura soviética contribuiriam para a construção da identidade russa contemporânea.

O estudo atual da vida e da obra de Búnin mostra que sua trajetória sitiada por temores, mortes e destruição parece ter exercido sobre o escritor, à parte as dores inevitáveis, seu efeito construtivo. Os contos de *Aleias escuras* distinguem-se dos seus primeiros contos, como mostra esta seleção. Se nos primeiros contos o amor é totalmente aniquilado (vejam em *Ignat* o destino de Liúbka, "amor" em russo), nos contos posteriores, ele recupera sua potência organizadora, torna-se uma força que faz vencer os obstáculos, que pacifica e ordena o caos. No conto *Aleias escuras*, a personagem Nadiéjda (em russo, "esperança") ama num nível espiritual e individual que lhe basta. Ela afirma: "A juventude passa mesmo, para tudo que é gente, ela passa; mas o amor – isso é outra coisa". Nos tempos conturbados em que viveu, decerto o mais sangrento da história moderna, Búnin parece ter constatado que o patrimônio mais longevo é mesmo a memória: não seria ela o único recipiente que poderia conter o amor indefinidamente? Imagino que, com a existência absolutamente cerceada pela morte, tal convicção é o mesmo que acreditar na vitória da vida.

Foi essa evolução nas concepções do escritor que orientou os contos aqui reunidos, dispostos em ordem cronológica e que podem ser divididos em três fases. Os contos iniciais, escritos antes do exílio e no conturbadíssimo momento de gestação da guerra civil, *Ignat*, *Orelhas em laço* e A *velha* mostram a destruição do humano – em todos eles o homem perece, sem esperança de ser visto e menos ainda de amar ou ser amado. Neles vence o homem devastador. É pertinente chamar atenção do leitor para os resquícios da visão cientificista da época, implícita no conto em *Orelhas em laço*, no qual se vê a influência da fisionomística de Césare Lombroso. Como bem apontou em entrevista o prof. Boris Schnaiderman, a teoria posteriormente caiu por terra e Búnin distanciou-se dessa visão de mundo. O conto tornou-se célebre não só pela maestria da composição, como pela ferida que ela expõe: a rixa entre Búnin e Dostoiévski, que o escritor tanto detestava.

O exílio marca o início da segunda fase, quando a separação do país natal tornou-se um divisor de águas. Poucos contos abordam diretamente o assunto, como *Fim*, em que o escritor relata seus últimos instantes em território russo. Interessante notar que o conto parece contrapor uma tempestade marítima cataclísmica à nulidade das personagens, aterrorizadas pela ameaça de um dilúvio bíblico. Associando a separação da Rússia à degradação, Búnin também aborda o tema de maneira indireta no conto *O vizinho*, em que recoloca a decadência de sua classe e a sensação de perda. Em *Lápti*, *O bem-aventurado* e *Glória* encontramos os personagens simplórios dos rincões da Rússia que Búnin bem conhecia. Constituem um retrato da fé popular e até passional, que chega a ser duvidosa se raciocinada, tamanho o seu poder.

Como resultado final de suas elaborações acerca da vida, a terceira fase é marcada por uma atmosfera pacificada. Em *Outono frio*, *O corvo*, *Lobos* e *A beldade* por exemplo, contemplamos o amor material e espiritual, este último tão bem caracterizado pelo conto *Hora tardia*. Nele a personagem revisita o país natal, encontrando apenas na memória um lugar aconchegante para si, para onde retornar, enfim. É com dor e poesia que em *Hora tardia* e em *Outono frio* o espírito humano não termina na matéria, mas ao contrário, encontra continuidade – a morte deixa de ser um fim e passa a ser uma extensão da existência.

Os contos da última fase, afinal, insistem em recusar a morte do amor e da própria vida. O amor nos faz resilientes combatentes da vida, Búnin parece dizer, mas como dar a ele o devido reconhecimento sem passarmos pelo sofrimento? Sim, o amor e o sofrimento são parceiros e, acompanhados dessa parceria, aprimoramos o espírito, Búnin sussurra, à semelhança da lógica cristã.

"Escrevo sobre o amor", dissera Búnin em carta a um amigo, durante a 2ª Guerra, "sei que nesses tempos, isso não interessa a ninguém." A França estava em pleno domínio nazista. De fato, em tempos de guerra parece vão escrever sobre o amor. Porém, não seria justamente nesses momentos que a humanidade mais necessitaria dele?

***

Acredita-se que, em parte devido a seus regionalismos e musicalidade, que põem resistência ao tradutor, Búnin tem menor reconhecimento no ocidente do que na Rússia. A rispidez e o lirismo de Búnin, suas longas frases em que o sujeito, verbo e objeto se misturam, a habilidade em reconstituir uma atmosfera ao invés de uma sequência de ações, fazem dele um escritor que pede a entrega do leitor para penetrar em seu mundo. "Por este motivo a prosa de Búnin, assim como a poesia, resiste ao reconto", resumiu Graham Hettlinger,[1] um de seus tradutores para a língua inglesa. "Seu significado não está em situações que podem ser resumidas, mas na ação da língua especificamente, na delicada cadeia de sensações produzidas pelas palavras numa frase e no ritmo de nossa leitura." Dessa forma, termos que se traduzidos acarretariam muita perda semântica foram translite-

1 *Ivan Búnin: Collected Stories*. Chicago, Ivan R. Dee, 2007.

rados, acompanhados de nota de rodapé ou listados no glossário ao final do livro. Já outros requisitaram liberdade poética para, preservando a mensagem original, reproduzir ao brasileiro o mesmo humor, ironia ou simplicidade. Há ainda personagens que desconhecem a norma culta, que se expressam no estilo chamado de *prostoriétchie*, ou seja, o "discurso simplório", que Búnin equilibra com trechos de erudição, rompendo automatismos da língua.

A tradução de Búnin requer olhar vivo, motivo pelo qual a seleção que trazemos ao leitor é fruto de quatro anos de trabalho e cinco versões, nas quais revisamos e cotejamos cada vocábulo. Em uma dessas etapas, diversos profissionais contribuíram para solucionar os nós que os idiomas teimavam em atar no percurso de uma língua para outra. Devo minha gratidão sincera ao prof. Boris Schnaiderman, por compartilhar sua compreensão de Búnin, às professoras Aurora Bernardini e Arlete Cavaliere, que opinaram sobre as versões finais da tradução, à Kátia Volkova, companheira de cotejo do russo e português, à Graziela Schneider e Max Welcman, amigos que doaram seus tesouros da língua portuguesa. À professora Elena Vássina, que orientou o trabalho, minha dívida de reconhecimento. E finalmente, meu obrigada à Fundação de Amparo à Pesquisa do Estado de São Paulo, cujo apoio possibilitou dedicar o tempo necessário à pesquisa de mestrado, da qual resulta esse livro.

Para a realização das notas e do glossário, foram consultadas as seguintes obras:

Dicionário Brockhaus e Efron. São Petersburgo: Brockhaus e Efron, 1907-1909.

Dicionário de nomes geográficos contemporâneos. Kotliakova, V. – Ekaterinburg: U-Faktoria, 2006.

Dicionário explanatório da língua russa D. N. Uchakov. Moscou: Enc. Soviética, 1935-1940.

Enciclopédia Soviética Bolcháia – Moscou: Enciclopédia Soviética, 1969-1978.

História e cultura russa: trabalhos de diversos anos. Pantchenko, A. M. São Petersburgo: Iuna, 1999.

Isbá – Museu Etnográfico Russo. Baranov, D. Isskustvo – SPB, 1999.

Moradia na Rússia: século XX – Blumfield, W., Ruble, A. Moscou:Tri Kvadrata, 2001.

Obras reunidas em nove volumes. Búnin, I. A. Moscou, Khudózhestvenaya, 1996.

CONTOS ESCOLHIDOS

CONTOS DE 1891-1917

Ignat

I

Era o segundo inverno em que Liúbka[1] morava no pátio da casa senhorial, em Izvali, nos Panín, quando o pastor de rebanhos, Ignat, começou no serviço.

Ele tinha vinte e um anos; ela, vinte. Ele vinha de um lar pobre, em Tchésmensk, uma das aldeias que compunham Izvali; já ela era de mesma origem, só que vinha de Chatílov, não distante de Izvali. Mas diziam que ela tinha o "sangue misto", já que filha bastarda de um senhor de Chatílov. E assim, ela cresceu junto aos senhores. E por isso, quanto mais sua beleza incomodava o pastor, quanto mais ele pensava na criada, mais se acanhava. E quanto mais se acanhava, com mais frequência pensava nela e mais sombrio e taciturno se tornava.

Nos olhos negros e brilhantes de Liúbka havia uma certa transparência, certa sinceridade. Ágil e tranquila, roubava águas-de-colônia e sabonetes da patroa, uma viúva grisalha que fumava cigarros fininhos e cheirosos. Por vezes ela era viva, demonstrava inocência e parecia mais jovem do que era; por outras, aparentava mais idade – uma mulher que tudo experimentara. E até os peitos dela eram como os de uma mulher. E para Ignat, que ainda não conhecia as mulheres, as relações

1 Diminutivo de Liubóv, nome feminino russo que significa amor. (N.T.)

entre elas e os homens se tornavam cada vez mais terríveis e desejáveis. Em toda Izvali não havia rapaz mais complicado e reservado do que ele. Até mesmo no trenó, a caminho do celeiro, indo atrás de espigas para o gado, ele nunca respondia diretamente à pergunta: "Aonde você vai?". Fugindo do olhar de Liúbka, sem levantar para ela os olhos soturnos, envergonhando-se de suas *lápti*,[2] de seu gorro e de seu surrado casaco de pele, ele a seguia de soslaio e aquela serena sem-vergonhice dela, que ele vagamente compreendia, era-lhe terrível e fascinante.

Também os filhos do senhor fortaleciam o amor de Ignat.

Eles – o oficial Aleksei Kuzmítch, que se tratara no Cáucaso, e Nikolai, que sempre mudava de um estabelecimento de ensino para outro – costumavam vir no inverno apenas para as festividades mais longas. Nesse ano, o mais novo chegara mais cedo, para a *Máslienitsa*. E Liúbka estava particularmente animada: aparentava uma franqueza singular, não sendo, entretanto, franca com ninguém. E assim, seus olhos estáticos se acendiam quando ela, vigorosa, cabelos escuros e rubor cinza-azulado nas bochechas morenas, corria à toda, ora atrás de um, ora atrás de outro, ora das dependências da criadagem para a casa senhorial, ora desta para aquela, atravessando as trilhas escuras e o pátio coberto de neve, num vestido verde de lã. E ao longo da *Máslienitsa*, nesses dias cinzentos, levemente nublados, que faziam embaçar os pinheiros no jardim e que inebriavam a cabeça com a fumaça quente e festiva das chaminés, Ignat várias vezes se deparou com o jogo entre os filhos dos senhores e Liúbka.

2 Para termos russos destacados em itálico, consultar o glossário a partir da página 217. (N.E.)

Certa vez, na penumbra, ele viu algo: brava, ela atirava-se para fora da casa. Suas bochechas estavam coradas, o cabelo, desgrenhado. Atrás dela, corria porta afora, na neve derretida, Nikolai Kuzmítch – parrudo e cabeçudo, ele ria e gritava, com seu perfil obtuso e poderoso, de *kossovorótka* de tecido barato e botas envernizadas. Naquela noite, Liúbka, alegre e ofegante, trombou com Ignat na escuridão das dependências da criadagem.

— Não é que ele rasgou meu corpete e quebrou todo o frasco de lilás persa! — disse ela, rápida, de uma forma inesperada, sem perder o passo. — Sente só meu cheiro!

E desapareceu no instante seguinte, ao passo que Ignat se deixou ficar por muito tempo no mesmo lugar, embotado, olhando a escuridão. Havia um cheiro de cozinha, de frescor que antecede a primavera; os cães, cujos olhos brilhavam como pares de esmeraldas avermelhadas, moviam-se diante dele, enquanto ele ouvia somente o cheiro doce e inebriante dos perfumes e o ainda mais inebriante cheiro do cabelo, do batom de cravo, do vestido de lã, do suor das axilas...

Chegou o oficial: magro, ele tinha os olhos castanhos e penetrantes, um rosto comprido e branco, um tanto acinzentado, no qual se viam espinhas roxas e empoadas. Pesada, tremendo toda, a patroa leitosa correu porta afora, de cabelo frisado e corpete apertado. Ao ouvir a *troika* que levara o trenó ao sopé dos montes, pôs-se a agitar um lenço branco. O cocheiro parou os cavalos junto à escada da entrada e o oficial começou a falar com rapidez, não se importando se o escutavam ou não. Depois, ele baixou a escadinha do trenó, como se chegasse à porta de um restaurante, e correu para dentro, batendo com habilidade e sem constrangimento seus pés escarrapachados, cujas botinhas, leves e lustrosas, faziam tilintar as esporas de prata, ao mesmo tempo que endireitava, com suas espáduas tesas, o enorme capote ao estilo Nikolai, de gola alta forrada com pele de castor. Era véspera do Dia do Perdão. A *Máslienitsa* caíra mais tarde e, por vezes, parecia que a primavera venceria por completo o inverno. Já pela manhã, o sol esquentava, gotas caíam, o céu azul se irradiava e a neve irradiava seu reflexo. Mas, depois do meio-dia, o tempo se encobria, a umidade penetrava, mais uma vez baixava a névoa, e o jardim baço azulava-se e enregelava-se em sua sonolência. Sem prestar atenção à umidade e ao vento, Liúbka, só de vestido, descarregava alguns pequenos sacos do trenó. E o pastor a espiava, observando quando ela se abaixava.

Estava ele junto à ampla e lamacenta porta de entrada das dependências da criadagem, que cheirava a *blini* queimado. Enormes flocos de neve caíam e derretiam na poça defronte à entrada, na qual andava, com ares de importância, uma gralha que acabara de pousar. O trabalhador e a cozinheira, que usava botas e uma saia com a barra suspensa, puxavam uma grande tina por um bastão que a atravessava, de uma alça até a outra. Na tina, fumegava um mingau grosso e amarelo de aveia. Um bando de cachorros galgos atirou-se contra ela e, tremendo, corcovando os lombos, agitados, metendo os rabos curvos e tesos por entre as pernas, começaram a devorá-lo. O filho da cozinheira, de camisa vermelha de festa, mexia o mingau com uma espátula e caceteava ora este ora aquele cachorro, que soltava um rosnado abafado. O pátio já se apresentava calvo – aqui e acolá, o chão pretejava. Tirando da tina os focinhos sujos da pasta amarela, os cachorros rolaram, roçaram-se na terra e depois, em bando, seguiram pelo pátio em direção ao pomar, que ficava nos fundos da casa senhorial. Ao lado da bela Strélka,[3] uma galga de olhos negros, pelo sedoso e branco, ia um cachorro grande e ruivo. Era um cão de guarda que mostrava os dentes com fúria e rosnava até perder o fôlego, sem permitir que nenhum dos demais galgos se aproximasse dela. Tomado de desejo, Ignat continuou a seguir os cachorros – queria vê-los cruzando. Mas, na aleia, eles tomaram outro rumo, começaram a correr pelo gelo cinza, debaixo das macieiras curvas e galhudas, indo para outro lado. Ignat foi parar atrás do pomar, no campo cinza, no qual flocos brancos caíam de viés. Tirou o chapéu de pele e, do fundo de veludo preto e esfarrapado, sacou uma preciosa moeda de vinte copeques.

Ele começou uma custosa caminhada rumo à aldeia, passando ao longo da vala detrás do pomar, que estava escurecida pelas isbás gotejantes ao longo da encosta. Os montes de neve amarelados, ensebados pelos trenós e calcados com estrume de cavalo, tinham buracos cheios de água gelada da primavera e estendiam-se por entre as isbás e os barracões. Ignat bateu na janeleta de uma isbá particularmente suja e precária, em cuja parede dormitavam galinhas com as penas eriçadas. De dentro, um rosto amarelo e velho encostou no postigo. Ignat mostrou a moeda. E, depois de vestir os pés descalços nas *válienki* velhas, cabeça encoberta pelo casaco, a mulher acompanhou Ignat, atravessou a estrada em direção a um galpão frio e cheiroso, que tinha uma portinhola de ferro, e meteu uma garrafa, com um quarto de líquido, no bolso oferecido das calças bastante surradas.

Atrás do galpão, na encosta coberta por uma neve esfarelada, ele deixou-se ficar, pensando em Liúbka. Depois deitou a cabeça para trás e, sem tomar fôlego, bebeu tudo até a última-

3 Flechinha. (N.T.)

IGNAT

ma gota. E, escondendo o vasilhame vazio no bolso, sentiu como corria quente e gostoso o veneno por todo o seu corpo. Ele agachou-se e começou a esperar o torpor; depois caiu, gargalhando, fruindo a bebedeira.

Voltando a si, demorou para que compreendesse onde estava. Ele tornara-se pequeno, leve – e estava congelado de ponta a ponta. Soprava um vento úmido, escurecia, a neve já não caía. Ao lembrar-se, com medo, de que ainda não levara a palha para a casa senhorial – aqueciam-na com palha e, toda noite, Ignat abastecia a entrada de serviço –, ele deu um pulo, cruzou a aldeia e depois o pomar, em direção à casa. Todos os seus sentimentos estavam aguçados, o vento particularmente os agitava – ele era doce, dava vontade de engoli-lo com todo o peito. Ignat sabia que havia esquecido sua corda na entrada de serviço e, já sem fôlego, arrastando os pés pela neve úmida, desviou da aleia direto para a entrada. Na penumbra do pequeno telhado, uma pessoa estreitava outra contra a parede e, aos passos de Ignat, voltou a cabeça.

— O que você quer? — gritou ele.

Era o oficial. Sua voz, seu rosto longo e branco, o cabelo militar, a cabeça estreita e protuberante atrás. Contra a parede e segurando dois dedos do oficial, sem soltar a mão dele, estava Liúbka. Ignat, sem tirar os olhos do avental dela, um tanto esbranquiçado na penumbra, afastou-se e ficou... Nuvens carregadas, sombrias e esparsas pendiam sobre o jardim. Soprava um vento oeste – e nele havia uma umidade inebriante, força da primavera fresca, que vencia o inverno...

E, no outro dia, quem venceu foi o inverno: nevava ainda mais abundantemente; mais à tardinha, os campos se perdiam na neblina da nevasca. A patroa fora ao vizinho. Tilintando as esporas, o oficial desceu as escadas da entrada, começou a gritar pelo pátio para que atrelassem Koroliók à charrete e, ajoelhando-se para os cachorros que estavam sentados junto à porta, em cujas colunas e cabeças amontoavam-se gordas camadas de neve, começou a sacudi-los com volúpia ora um, ora outro, por detrás da orelha, e a repetir por entre os dentes: "Ah, ta, ta, ta, ta!". Liúbka o contornou, segurando um prato de peixe frito, e dirigiu-se às dependências da criadagem. Ele se curvou e pôs-se a balbuciar, com ainda mais volúpia:

— Ah, cachorreco, cachorrico, cachorriquico!

Era Dia do Perdão. Dos montes, dos rios, as vozes e canções se ouviam ao longe, e também o ribombar dos guizos, o tilintar dos sininhos: o vendeiro, o sapateiro, o policial, os camponeses – todos passeavam com suas visitas, com os senhores, as moças, as casamenteiras. Enquanto atrelavam Koroliók, o oficial, de *papákha* e capote militar cinza bem talhado, puxava Liúbka para a entrada, sorridente, bochechas carmesim. Um casaquinho de pele com gola bege a cobria e a barra de seu vestido estava suspensa, dobrada para fora. Ela inclinava a cabeça, coberta por um xale cinza, de um lado para outro, rindo-se, descendo as escadas da entrada com passinhos miúdos e obtusos. Ignat levou pelo cabresto o garanhão baio e dourado, bravo e inteligente, que enviesava os olhos lilases e brilhantes para o oficial, para seu pequeno cachecol de seda, avermelhado pela gola do uniforme, e para seu pescoço fino, coberto por marcas repuxadas de espinhas secas. E Ignat ficava olhando a barra da anágua branca de Liúbka, suas botinas grosseiras, lustradas com banha, na qual a neve úmida não grudava...

Depois, ele arrastou-se, de trenó, para a eira. E Koroliók, sobressaltando-se e esbravejando, batendo os cascos cobertos de gelo no jogo dianteiro do trenó, bufando contra a neve fresca que voava ao seu encontro, na direção do focinho quente, tomou a dianteira e, a plenos pulmões, começou a desaparecer em meio aos outros cavalos, na fumaça da nevasca, que se desencadeara alegre e sombria no campo turvo-acinzentado. A neve caía em flocos no lombo farto de Koroliók, na *papákha*, nas dragonas, na botinha brilhante com espora, apoiada firmemente no estribo de ferro. Com a mão esquerda, em luvas de camurça, o oficial segurou as rédeas azuis. Com a outra, a cabeça de xale cinza, colando nela a *papákha*...

E Ignat decidiu seriamente trocar seu acordeão, sua única riqueza, pelas botas velhas do trabalhador Iáchka. Depois de levar a palha, ele foi para a rua, para o povo que, em meio à nevasca noturna, se amontoara e se embaciara sob o beiral da última isbá, no pasto defronte a igreja. Lá, hábeis e endoidecidos, dois acordeões interrompiam-se mutuamente, emudecidos pelas canções e pelo vento, enquanto as mulheres se sacudiam, rodopiando na fumaça do vento rasteiro, voando como bruxas. Todos estavam desocupados, felizes; ele era o único infeliz!

II

A Quaresma foi cinzenta, como sempre.

Dia após dia, soprava um vento cortante, os campos se embranqueciam, pálidos, azulavam-se opacos, os pinheiros cantarolavam com enfado no jardim, as gralhas, que chegaram cedo demais, haviam se escondido. O oficial há muito partira. Mas Nikolai Kuzmítch demorou-se. Certa vez, Ignat, de trenó, aproximou-se da entrada de serviço. O feixe de feno, amarrado ao trenó, farfalhou

IGNAT

nos degraus da entrada e o patrãozinho, que brincava com Liúbka, rindo, levantou-se do monte de palha. Liúbka, arrumando o cabelo, olhava com calma.

— É, o senhor brinca assim — disse ela — e, na aldeia, vão é ficar falando... Se ao menos você, Ignat, casasse comigo... — acrescentou ela, levantando-se também.

Ignat enrubesceu e franziu o cenho. Ele não deu a mínima importância às palavras dela mas, a partir desse dia, agitaram-se nele o ciúme e a raiva, que começaram a crescer. Ele passava de trenó pela aleia, chegando até a eira, olhando a casa de esguelha, sentindo inveja da sua vida interna. Um bando de cachorros malhados, que se agitava, o seguia. Nos restos de palha, ratos foliavam e chiavam. Cachorros cavavam a palha, farejavam-na, colocavam-se em prontidão, ainda com mais fúria, rasgavam-na com as patas, tremendo e choramingando e, de súbito, num repente, atiravam-se em direção a uma caça certeira e feroz. Strélka, de beleza feminina e olhos negros e escorregadios, era atraída por Ignat para a eira. Quando ela corria para dentro, ele, com o coração acelerado, fechava o portão, que rangia. Lá cheirava friamente a eira e calidamente a espiga de centeio. Uma luz fria e pálida penetrava pela longa fresta do portão, passava pela penumbra do enorme triângulo da viga de madeira e chegava à grade acinzentada pelo pó grosso e aveludado da debulha do verão... O vento assoviava, ventava na eira...

Num dia ensolarado e claro da terceira semana, partia também Nikolai Kuzmítch. A primavera de súbito retornava. O gelo dos telhados dos galpões se derreteu em um dia, a palha velha e parda que guardavam se dourava ao sol, a alma azul e enternecedora do céu se sobressaía intensamente. Soltaram os potros e as vacas, cuja pelagem se adensara no inverno. Eles cochilavam e aqueciam-se ao sol. A neve, que gotejava, brilhava intensamente, prateando o pátio. Junto à entrada principal, na sombra, ao redor da poça azul, havia uma *troika*. E na poça refletiam-se tanto o azul do céu quanto a brancura do avental de Liúbka. Num casaco de pele de quati que encobria uma *podióvka*, saiu Nikolai Kuzmítch e, depois, a patroa. Com vagar se despediram, com vagar aquele que partia voltou-se para trás, gritando algo, enquanto tiveram de descer do trenó e o arrastar pela estrada esburacada, pelos regatos que tremeluziam sobre o estrume pisado durante o inverno, agora mais semelhante a tabaco úmido. Onde brilhava a água pelos buracos, os cavalos, pernaltas, com rabos atados, agitavam as ferraduras, cujo aço estava muito areado e especialmente enfeitado. O sol aquecia, muitas gralhas estavam reunidas nos pinheiros do jardim, que se esverdeavam com pompa e frescor. E, na sombra, sentia-se um ventinho frio do norte. Junto à entrada principal, Liúbka resfriava-se. As bochechas se acinzentavam. O trenó desaparecia por detrás da colina, enquanto ela cantarolava pensativa, quase inaudível: "E o casal se vai ligeiro...".[4] Depois correu casa adentro – para, em seguida, surgir na entrada de serviço. Ignat, que passava em frente, de repente guinou em direção à entrada. Ela, obtusa, com medo, sem se mover, olhava para ele. Ignat aproximou-se dela e pegou suas mãos. E ambos se constrangeram, não sabendo o que então dizer, o que então fazer. Subitamente, Liúbka franziu o cenho, recolheu as mãos, voltou e bateu a porta.

---

4 Popular canção russa – "Eia, *troika*!" – em que uma mulher questiona os sentimentos de seu amado. (N.T.)

O pomar parecia particularmente ralo na prata da neve, salpicada por sombras violetas – a aleia estava alegre, larga. E de novo, Ignat, sombrio, bravo, pegou-a a caminho da aldeia, da velha bodegueira. E, de novo, voltou a si ao anoitecer, no pé da encosta, na campina, todo gelado e assombrado. De lá, o céu parecia insondável, enorme e novo.

— Eu não presto para ela — disse Ignat, duro e lúgubre, em voz alta, levantando-se. — Estou perdido.

Passou a Quaresma, passou a Semana Santa. Com exceção dos murundus de gelo, já não havia neve em lugar algum, nas aldeias pairava uma leve fumaça amarelo-esverdeada; ao redor da aldeia os campos lavrados se escureciam de lilases, o sol esquentava, o vidro derretido tremeluzia pelo horizonte, as cotovias cantavam. O mato jovem, que mal brotava, perfumava. E Ignat já ia ao pasto atrás do rebanho, ao bosque de Miliútin, ainda nu, cheio de folhas secas de carvalho e campânulas. As vacas aqueciam-se ao sol, na entrada do bosque, e as gralhas se sentavam sobre elas, catando pelo para seus ninhos. Ignat torcia o chicote, olhando com preguiça o horizonte ensolarado, as estradas, onde já se deitava o pó que, alegre, lembrava o verão, e bronzeou-se com o sol, com o vento seco e quente de abril.

Ele era feliz quando tinha dinheiro. No campo, depois de escolher um lugarzinho mais seco, ele estendia sua jaqueta esfarrapada e punha sobre ela uma garrafa, um pão já salgado e úmido, que tirava do bolso, e batatas frias. Logo, sua cabeça começava a se atordoar. O horizonte ensolarado ao sul tremeluzia atrás das planícies acinzentadas, difundia-se um vapor delicado, um tanto azulado à luz do sol, sobre os montes de estrume ressecado que se esparramavam pelo campo, e as vacas se duplicavam e se embaralhavam... Era estranho – ainda assim, ele esperava algo! Ébrio, ele sentia isso, sentia que unira sua vida à de Liúbka, que estavam unidos na desgraça! Algo tinha que ser feito para conquistá-la, para se igualar a ela, para despertar nela o amor. Caso contrário, mesmo que ele conseguisse aquilo que queria, ela não amaria um mujique... E a primavera pedia amor. Duplicando-se, tremendo, apoiou-se nos joelhos dianteiros; depois, desajeitada, uma vaca empinou sua anca, e depois outra vaca e mais outra... Um touro cinza, de fronte larga, levantou-se com seu rabo liso, que exibia um chumaço encaracolado e sedoso na ponta e pôs-se a correr com todo o seu peso, abanando os fios vítreos de sua saliva – para, de repente, inflar-se todo de força, empinar-se sobre... O coração de Ignat disparava. Ele se deitava de costas nos pedaços de montes de estrume pretos e secos. Fechava os olhos, as lágrimas rolavam sob suas pálpebras, que ele não secava, e as moscas vinham bebê-las... Depois, ele caía num sono profundo e dormia até que o sol viesse a pino e sua cabeça e ombro começassem a queimar. Conduzido o rebanho de volta, almoçava calado nas dependências da criadagem e ia dormir na cocheira onde, junto à parede de pedra, havia uma cama alta feita de um amontoado de estacas, coberta de palha e farrapos de pelego. Depois, acordava bravo e, quando soltava o rebanho, escorchava tanto as vacas com sua chibata comprida e lancinante que os vergões inchavam nas ancas.

Certa vez, em maio, depois de deixar o rebanho no pousio, quando o bosque se cobria de uma penugem já grosseira, verde-escura, as flores e o mato cresciam, quando de manhã cedo já fazia um calor de verão nas clareiras ensolaradas, enquanto na sombra orvalhada estava fresco, e quando os lírios se escondiam, Ignat viu uma mulher sentada no começo do bosque. Era uma mendiga, a boba Fiona. Ao seu lado, seu saco e seu bastão. Sentada no chão com a boca semiaberta, toda em andrajos e com as barras molhadas, ela tinha os olhos brilhantes e o rosto inchado. Estava bêbada. Quando Ignat se aproximou, ela, às gargalhadas, com reserva ardente, deitou-se de costas, dobrou as pernas e começou a esfregar as grandes *lápti* pela grama orvalhada. Em seu saco havia biscoitos, vodca. E, depois de beber, Ignat não se conteve...

A partir de então, a boba começou a procurá-lo quase todos os dias. Até o nascer do sol, no orvalho frio e volumoso, ele soltava o rebanho. Ao meio-dia, tomava um pileque. Agora, já bebiam às custas de seu dinheiro. Ele adiantou o salário em um mês. Mas, ao final, o seu dinheiro também se acabou. E a boba ficou brava, atrevida, exigente, e já não dissimulava mais. Quando ele aparecia sem vodca, ela o rejeitava, sem se entregar por uma semana. Certa vez até desceu-lhe um toco na cabeça, com destreza e força. Ele levantou-se e foi embora, de um modo estranho, desengonçado, em prantos. E depois de chorar, sentou-se na divisa das terras e, embotado, começou a pensar na mesma coisa de sempre, fixamente: onde conseguiria dinheiro? Mas não havia onde consegui-lo – roubá-lo, também não. E acabou por beber as botas...

Toda a criadagem sabia de sua história; no almoço e jantar, com frequência, gargalhavam dele. Ele se ardia e se calava. Como seria se Liúbka estivesse por lá? Mas, para sua felicidade, os senhores não chegavam, comentava-se que Nikolai Kuzmítch estava visitando um colega perto de Khárkov[5] e o

5 Cidade da Ucrânia, então integrada ao Império Russo. (N.T.)

oficial participava de exercícios militares perto de Smoliénsk.[6] E a patroa partira por seis semanas para Lipiétsk,[7] levando consigo Liúbka. A propriedade estava quieta e enfastiante. Também a boba começou a aparecer cada vez menos – ficava vadiando pelas feiras. E o verão já chegava ao fim – quente, longo. O rio baixara, a ração do gado terminava, os grãos amadureceram, ressecaram e caíram. Começaram a ceifá-los – era já final de julho.

E certa vez, no final de julho, ao pôr do sol, retornando com o rebanho à aldeia, Ignat encontrou-se com a boba. Ela parou e apontou a mata.

Mas como ir sem vodca? Esmorecido, ele permaneceu junto ao portão da casa senhorial, olhando o ocaso. Na estrada que cruzava o morro, os camponeses deixavam o campo de colheita em telegas empoeiradas; delas sobressaíam-se as paveias, as gadanhas e os ancinhos. Num tom de framboesa, sem raios, o sol sentou-se qual enorme globo na cerração turva e acinzentada detrás do rio, por detrás dos campos, já cobertos por uma cadeia de paveias. Ignat saiu do portão em direção ao pasto, passou em frente ao jardim, a caminho da eira. À frente, uma menina muito suja, de cabelos encaracolados, andava a passinhos curtos, pequeninos pés descalços na poeira. Curvada para a esquerda, ela carregava no braço direito uma louça manchada de alcatrão vermelho, um pouco acastanhado. Ignat acelerou o passo, alcançou-a, olhou para trás e agarrou seu pequeno punho esquerdo, no qual estava o dinheiro, apertadinho. Seus olhos se arregalaram, cheios de pavor, o rostinho desfigurou-se, ela começou a berrar e, com a força de um animalzinho, cer-

6 Capital da Região de Smoliénsk, 400 km a noroeste de Moscou. (N.T.)
7 Capital da Região de Lipiétsk, cerca de 500 km a sul de Moscou. (N.T.)

rou o punho. Ignat agarrou-lhe a garganta e a derrubou no chão da estrada. A menina, com a voz esganada, soltou os punhos. Ignat esvaziou-lhe a mão – trinta copeques.

Comprada a vodca, ele foi direto para a mata. À direita estava o restolhal, o campo esbranquiçado na penumbra, coberto de montes de feno. Da esquerda soprava um vento morno, que chegava da planície lavrada, escurecida e opaca. Adiante, sobre a faixa escura da mata, ascendia Marte, grande e vermelho. E o pastor parou. De repente, ele se lembrou de que naquele dia a patroa deveria chegar, de que mandaram uma *troika* para ela e uma carroça para as coisas. E já no mesmo instante, suspendendo a respiração, ouviu o longínquo som dos sininhos.

No verão ele tinha a impressão de que se livraria do inevitável, daquilo que deveria acontecer. Mas, agora, ele sentia que não, isso não ocorreria – ele não se livraria. O inevitável se aproximava, alentado, avançando em sua direção... Por um instante deixou-se ficar para, então, seguir adiante.

Na encruzilhada, uma *troika* o ensurdeceu com o tilintar dos sinos e o tropel dos cavalos, cobrindo-o de poeira. Saindo do caminho, ele a deixou passar e novamente começou a andar. Ao longe, ainda se ouvia o reboar abafado de uma telega. Ele se fazia cada vez mais forte. E, em seguida, Ignat viu no céu estrelado e fosco um arco, debaixo dele um cavalo e atrás dele estava Liúbka, sentada na telega. Ela chicoteava o cavalo e, tremendo, sacudindo, corria direto para cima dele.

— Senta que eu te levo! — gritou ela alegre, reconhecendo-o de imediato, na penumbra.

Ele se virou, agarrou a telega cheia de malas e, num só movimento, saltou no estribo lateral do carro...

FIONA

O que então Liúbka disse, ele não lembrou. Lembrou-se apenas das primeiras palavras que lhe atingiram o coração, que ela gritara em meio ao reboar da telega, sonora e carinhosamente:

— E então, estava com muita saudade de mim?

Recordou-se somente daquele momento, quando ele de repente tomou as rédeas, brecou os cavalos e lançou os pés para dentro da telega.

— Espera — disse Liúbka, a meia-voz, mas de maneira tão simples, como se eles vivessem juntos já há muitos anos, e por causa dessa simplicidade, sua razão turvou-se ainda mais — Espera, assim vai amassar a saia... Deixa pelo menos eu arrumar...

III

Passaram-se quatro anos. Era dezembro. Ignat, que cumprira o serviço militar, retornava de Vassilkóv[8] para casa.

Com a esposa ele morara apenas três meses. Logo depois daquela noite de julho, quando de maneira muito inesperada ocorrera uma reviravolta em seu destino, Liúbka se sentiu grávida – e nunca mais lhe abandonou o pensamento ruim de que, só por causa disso, ela se casara com ele. Ela dizia que o amava, já que arranjara para seu pai, um velho doente, o serviço de vaqueiro no pátio da casa senhorial, já que o vestira e o equipara para o exército e, com lágrimas, despedira-se dele. Ele a espancou severamente, farreando, vangloriando-se de que se tornara recruta, vingando-se dela por causa dos senhores. Com as pancadas, que ela aguentou como quem mereces-

8 Cidade ucraniana que dista, aproximadamente, 40 km de Kiev. (N.T.)

se, a barriga não vingou. Quando o mandaram para Vassilkóv, ela frequentemente lhe enviava dinheiro nas cartas; já estas, escrevia-as com carinho, tratando-o por "senhor". Mas ele não acreditava em nenhuma palavra dela, vivia angustiado, numa tormenta constante, no ciúme, na invenção dos mais terríveis castigos para as supostas traições.

Quando fora passar uns dias em casa, há dois anos, pensou o caminho inteiro que a mataria, se descobrisse algo de ruim. Ao chegar a sua estação, colheu informações e soube que Liúbka só não aceitava homem preguiçoso. Mas ela o encontrou com tanta alegria, contestou os boatos com tanta sinceridade e simplicidade, que ele ficou de mãos atadas. E, para acalmá-lo por completo, ela lhe comunicou que abandonaria seu lugar no pátio senhorial e se mudaria para uma isbá – que o esperaria em casa, que costuraria à máquina e assim se sustentaria. E ele partiu abatido e em desalento. Também no serviço, ficou desanimado e calado, mas era eficiente, correto e econômico: juntava dinheiro, propinas de soldado moço. Ainda vivia nele a esperança de igualar-se a Liúbka, de se tornar digno de seu amor verdadeiro, e não fingido. Mas, de repente, as cartas dela pararam de chegar. Ele escrevia quase toda semana – não tinha resposta. Ele ameaçava, implorava – ela se calava. Ele começou de novo a se embebedar – embotava-se, martirizava-se.

Apesar disso, findo o seu tempo de serviço, partiu para Izvali.

Mudara muito. Agora era seco, bastante alto e bem-proporcionado. Os olhos cor de estanho tornaram-se maiores, o rosto se acinzentara e parecia mais magro pelo brilho da queixada barbeada junto das orelhas de abano redondas. Um avermelhado bigode-de-broxa, o cabelo à escovinha, e a pele transluzia, em meio a seus pelos curtos, cor de aço. De Kiev a Oriol[9] ele permaneceu imóvel, ficou sentado no vagão, ao lado de seu bauzinho grosseiramente pintado como nogueira de verdade, do qual se dependuravam uma chaleira e um par de botas. Sem tirar nem o quepe, nem o grosseiro capote cinza, da cor de ferrugem que esfolava seu pescoço, ele ficava olhando o chão enquanto comia sementes de girassol. A partir de Oriol, ele começou a se inquietar e a visitar os bares das estações. Na estação de sua cidade ele se encontrou inesperadamente com um antigo companheiro de serviço. Acabaram bebendo e ele deixou o bauzinho com o vigia. O companheiro o levou até a porta da estação, contratou um cocheiro velhote e o velho, com uma égua de três patas, desembestou com eles até a cidade. Agitados, fumavam um cigarro atrás do outro, indo direto para o subúrbio – e lá, Ignat, por praticamente um dia, não se separou de uma morena fortemente empoada, pequena e de pernas curtas, de idade, de cabelos escuros e secos, que fumava com mais avidez do que ele. Quando acordou ele já estava no campo, perto do subúrbio, e com dificuldade se lembrou de que bateram nele severamente, expulsando-o dali. Era um dia branco e suave, caía uma nevezinha que se acumulava nas pregas do seu capote. Ele se levantou, cambaleando, sentindo-se doente, como se estivesse envenenado...

Para chegar a Izvali ele teve de seguir no vagão de carga, junto com porcos de abatedouro, que só ficavam sentados por causa da banha de seus traseiros. Os porcos eram levados às terras de um rico senhor da aldeia, para criação; eles estavam

9 Capital da Região de Oriol, 380 km a sudoeste de Moscou. (N.T.)

acompanhados por um jardineiro decrépito do senhor, limpo e quieto, um antigo servo do pátio da casa senhorial. Mas, além dele, de Ignat e dos porcos, ia também no vagão de carga um judeu grisalho, de cabelos encaracolados, cabeçudo e barbudo. Ele usava óculos e vestia cartola baixa, um casaco comprido até o calcanhar, que ainda era azul-escuro em alguns pontos, enquanto em outros já era azul-celeste, com bolsos muito baixos. Calado o tempo todo, um tanto pensativo, ou antes preocupado, ele gemia uma canção e tomava chá. O jardineiro cochilava. Os porcos continuavam sentados em seus traseiros num cercado de madeira, cobertos por pelegos cinzas, que eram marcados com brasões e coroas. Anoitecia, o vento e a neve sopravam pela porta entreaberta e levantavam a palha úmida de debaixo dos porcos. Os campos turvos e brancos passavam, os arbustos escurecidos eram lentamente tragados pela fumaça, que recaía sobre eles da locomotiva a vapor. E uma tristeza pesada, insolúvel, oprimia Ignat. Carregando a fronte e cerrando os dentes, jogando a queixada de um lado para o outro, ele permanecia junto à porta, mordiscava sementes de girassol e olhava atravessado para o judeu. Este se sentara em uma caixa tombada, mantendo na mão grande, coberta de linhas grossas e violetas, um copo de chá. As cascas das sementes voavam com o vento, caíam no chá. O judeu olhava para Ignat por cima dos óculos, de um modo irritado, vagaroso. Ignat esperava o que diria o judeu para, assim, às primeiras palavras deste, cascar-lhe a bota bem no peito. Mas o judeu nada disse; apenas se soergueu e, de propósito, deitou o chá ao lado dos pés de Ignat, ao lado das botas públicas chatas e largas.

Na estação, ele não encontrou nenhuma companhia para seguir com ele até a aldeia. E teve de se sentar, esperar – talvez, por acaso, alguém aparecesse.

Suas mãos enregelaram-se, sua cabeça começou a se atordoar quando, às dez e meia, aquela estação tão conhecida, tão especial, com seu povo e suas janelas iluminadas, fervilhava. O trem de passageiros acabara de partir. A fumaça e as respirações embaçavam o salão da terceira classe, que estava imerso numa meia-luz fria. Lá, era preciso atravessar aos empurrões – de tantos mujiques que se aglomeravam no chão úmido. A cada instante as portas se abriam e, com estrondo, fechavam-se – o ar leve e fresco do frio invadindo a sala sombria, fedorenta, agitava as nuvens de vapor branco que flutuavam sobre o grande samovar do bar. Pela porta entreaberta via-se o escritório, claro e iluminado com calidez, onde ficavam o caixa e o telégrafo. De lá se desprendeu, sem cessar por um único segundo sequer, um toque estrepitoso, que soava como se quem o disparara se esquecesse de desligar aquele despertador. E por causa da turba, por causa desse toque, a fronte de Ignat começou a doer.

Ele perguntava a todos que passavam se iriam para a mesma aldeia que ele, andava a esmo, como um louco, mas via e notava tudo com perspicácia incomum. A multidão de *armiák* e casacos começava a rarear. Ignat foi até a entrada da estação, olhou, colocou-se de lado, dando passagem aos que saíam e conversavam à sua frente, viu os cavalos, os trenós, o céu turvo e enluarado, fumou um cigarro, tragando profundamente, junto com a fumaça, o ar doce e hibernal da aldeia, e voltou atrás do seu bauzinho. O atendente do bar, aos poucos, seguindo uma certa organização, já limpava da borda do balcão as laranjas, os cigarros, os pratos com embutidos, um pedaço de queijo suado. O chefe da estação conduziu pelo braço uma senhora de terras velha e grande, de casaco de peles, apoiada em uma muleta. Pela porta aberta via-se a pálida, mas clara, noite enluarada, as árvores na geada. Os cavalos, parados junto à entrada, sacudiam-se, piavam como tetrazes. Depois, de uma só vez, os tetrazes começaram a reboar e a neve, a ranger embaixo das lâminas dos trenós... Na sala sobrou apenas uma mulher de casaco alaranjado novo, sentada imóvel num canapé junto à parede, onde estava o bauzinho de Ignat. Aproximando-se de costas do móvel, Ignat se sentou na beirada e ergueu o bauzinho com o próprio lombo, passando a alça pelo ombro esquerdo. Enquanto saía da estação, pensava naquela primavera em que ficava com a boba e era despreocupado, livre, em que podia beber docemente e beliscar batatas frias.

Andava a passos firmes, precisos e rápidos, ganindo as botas pela neve; uma noite clara e nevosa o rodeava. O campo estava vazio, morto e silencioso, a lua se escondia atrás das nuvens leves, o caminho escurecia suavemente... E de seus pensamentos angustiantes ele voltou a si já em Izvali, ao sentir que havia entrado numa aldeia grande, esparramada com folga, há muito dormente. Nem uma única luz brilhava das isbás repletas de neve. As sombras fracas dos carros d'água e dos barracões deitavam sobre a estrada principal. Ficava como que cada vez mais quieto e o ar, ainda mais doce e perfumado. Os galos já cantavam nos terreiros.

Perto de sua isbá vazia, que ficava no fim da aldeia, ele deixou-se ficar em cima de um montão de gelo, sem saber o que, então, fazer. Pequena, a isbá fora tomada até a metade pela nevasca. A porta estava com um cadeado e uma janela tampada por pequenas tábuas. Um monte anguloso de neve, marcado por pegadas de *lápti*, erguia-se perto do portão esburacado do terreiro, atravessando-o. Ignat seguiu as pegadas, olhou o terreiro. Num abrigo desprotegido, sem aconchego, dormia o bezerro de alguém...

Perto dali, na isbá de Marei, brilhava uma luzinha pelo postigo – que quase se nivelava com a rua, alta e repleta de neve. Ele espiou pela janeleta. Uma engenhoca ocupava quase toda a isbá. Quieta, uma menina de rosto tenso e corado tecia no tear, a engenhoca rangia. Ignat bateu. A menina olhou com medo e surpresa. Ele entrou na isbá. A menina puxava o cadarço de uma *lápot* que saltava para fora do forno,[10] acordando o pai. Este, por muito tempo não respondeu, só tossia. Depois começou a descer – de traseiro, procurando um apoio com a *lápot*. Desceu também pela parede, tentando não pisar no próprio pé, pelo visto, doente, e alcançou o banco perto da mesa. Barbudo, desgrenhado, tinha os olhos sanguinolentos e saltados. Com voz rouca, parecia um louco. Ignat colocou o bauzinho perto da porta, sentou-se à mesa. A menina ficou ao lado do fogão, braços encolhidos. Marei pediu licença para fumar e, tragando de tal maneira que toda a sua barba esfumarava, disse:

— Eu vi sua dona... Vi, vi sim... Saindo da igreja... Ela não gostava de morar em casa, não, vivia andando com os patrões... Mas faz é tempo que eles já não estão aqui, foram-se embora para Moscou; falam que ela enxotou o administrador, que ela mesma cuida de tudo, que mora na casa dos patrões... Não é direito isso não, não é direito... E tem um amante...

— É, eu sei — disse Ignat, pensando em algo.

— É claro que você já sabe... Mas se você botar medo nela, ela larga. É sim, botando medo... Ela não presta pra você, não...

10 Dos fornos russos estendia-se uma ampla laje na qual os moradores das isbás dormiam. Ver glossário *forno russo*. (N.T.)

— Vou deixar o baú com você, por enquanto — disse Ignat, sem levantar os olhos.

— Sim... Deixa... Pode deixar — concordou Marei.

E acompanhou Ignat até a soleira. Estava frio, clareara. Azulando escuro nas alturas, dentre as nuvens, o céu se abria. O quarto de lua, claro, sólido, saía na amplidão; a nuvem branca atravessada, com um semicírculo laranja, que caía da lua sobre ela, movia-se para o horizonte, em direção ao norte. As sombras dos carros d'água começaram a rarear, as ruas se acendiam.

— Ainda é inverno... — ronquejou Marei na entrada escura, mostrando a cabeça para a rua clara, sob a porta baixa.

E, novamente, a passos firmes, Ignat começou a andar, sem virar a cabeça encapuzada. Caminhando umas duas verstas pela aldeia, indo pelo pasto, na estrada para o morro, ele viu na colina a conhecida casa senhorial, o jardim escuro no pátio e quatro janelas iluminadas. Mas ele se dirigiu para o pomar de baixo, que descia pela encosta da casa até lá, no pasto. Atravessou o dique, coberto de neve da colheitadeira, dirigindo-se para uma isbá comprida que ficava no pátio do rebanho, feita de madeiro, que escurecia nas profundezas do pomar, sob árvores seculares. Sobre elas o céu era mais azul, insondável, com estrelas enormes e esparsas. O quarto de lua girava nas alturas, para a direita. Adiante, entre a luz e a sombra, ora sentando-se nas patas traseiras e levantando as orelhas, ora dando pequenos saltos, movia-se uma lebre, que aparecia na campina dourada, atrás da colheitadeira. Uma estrela vermelho-áurea parecia a luz de uma isbá embaixo das árvores... Por que não dormira, por que o olhar tão fixo em Ignat daquele pastorzinho de rosto pálido e azulado que, com seus cabelos brancos sobre a cabeça comprida, abriu a porta dessa isbá grande e aquecida? Acima da mesa, uma lâmpada pendurada no teto, como carvão incandescente. Num canto estava São Nicolau,[11] de roupa vermelha e barba violeta. Um porquinho ferideno andava pelo chão viscoso de terra, grunhia, mordiscava alguma coisa... Na cerca ao lado do forno, novilhas marrons e amarelas, esbranquiçadas. Elas não dormiam, colocavam os focinhos de fuças largas, delicadas, úmidas e rosadas na cerca, olhavam com olhos claros. Delas exalava um cheiro de lã úmida de vaca, de vapor de leite, um calor de útero – depois, Ignat demoradamente recordaria esse cheiro, simples, que acalma, e, em seguida, do seu pai velhinho. Na cama, ao lado da cerca, estava ele ali sentado, baixando as pernas pálidas e peludas, de calças azuis e apertadas. Ficara calvo na fronte, magro como um esqueleto e, colocando as mãos grandes no joelho e fechando, com ar de importância, os olhos cegos, murmurou algo.

— Ele está gagá — o pastorzinho falou baixinho, olhando Ignat fixamente. — Está para lá de velho.

E, ao ouvir sua voz, sentindo a presença de alguém, o velho levantou ainda mais a cabeça, com ainda mais importância e tristeza, levando com ela o seu nariz fino, que, com a magreza, se tornara adunco.

— Que Deus abençoe, Deus abençoe — murmurava ele. Ignat descobrira os cabelos aparados das paredes do *bachlik* e, esquecendo-se de cumprimentar o pai, perguntou ao menino:

— A Liubóv está na casa?

— Está sim, está sim — ele apressou-se em responder. — Chegou um comerciante para ela.

11 Na época, São Nicolau, tido como milagreiro, era um dos santos mais adorados pela população. Ver glossário *canto vermelho*. (N.T.)

Ignat pôs o quepe, saiu da isbá e, morro abaixo, através do pomar, pelas trilhas das lebres e por entre as macieiras e o campo claro, salpicado de sombras, rapidamente alcançou o portão do pátio da casa senhorial. Abriu-o e, abaixando-se, afogando-se na neve, correu em direção à penumbra esverdeada do jardim. E, no mesmo instante, atrás da janelinha do vestíbulo, viu a esposa. Mas, de súbito, começaram a vir os latidos abafados de um cachorro, de dentro da casa. Num salto para trás, tornou-se imóvel, congelado, estreitado contra a parede.

IV

Depois de montar o samovar junto à entrada escura da casa, Liúbka sentou-se no vestíbulo, perto de um biombo caiado. Remendava uma meia ao lado de um coto de vela de sebo, que ardia numa lumeeira de cobre sobre o peitoril da janela. Estava agora roliça esta mulher bela e de olhos negros, de blusa vermelha, peitos macios e lencinho branco, que escondia uma risca larga em meio aos cabelos negros.

Duas grandes sombras, uma lilás-escuro, outra mais clara, iam dela até o biombo, subindo até o teto. Quando Ignat se aproximou da janela, ela, pensativa, inclinando a cabeça para o lado, examinou a meia remendada no calcanhar e tirou de dentro dela uma velha colher de sopa de prata. Um cão perdigueiro branco com manchas marrons, que dormia no canto da sala, numa almofada de repes, subitamente latiu grosso, levantando-se num salto e, com um latido de trovão, batendo as unhas nos tacos, correu para o vestíbulo. Liúbka olhou para a porta da sala, vigorosa e seriamente. Depois, protegendo com a mão a bochecha do fogo, colou o rosto no vidro.

— Quem está aí? — disse ela em tom alto, com rigor de dona da casa, só que assustada, e pôs-se a desemperrar primeiro uma, depois a outra janelinha, entravada pelo frio, para olhar pelo quadrado que estava aberto, vazio, cheio da leveza do ar glacial.

A noite clara, cada vez mais sonora sobre a cercania morta e branca, sobre as aldeias há muito adormecidas, sobre a casa senhorial enregelada no silêncio, sobre os jardins pitorescos e imóveis debaixo do céu estrelado, firmava-se, alcançando beleza e força superiores. Manchas de luz ardiam verdejantes sobre a neve, na penumbra do jardim. Liúbka não conseguia ver o quarto de lua – somente com a cabeça levantada, através dos galhos dos pinheiros, foi que ela viu seu círculo espelhado. Atrás de seus troncos branquejava o pátio amplo e claro, e o carril fresco, sulcado pelo trenó do comerciante, brilhava róseo. Liúbka, olhando com atenção, franziu o sobrolho, par de sanguessugas negras. Mas, num átimo, chegou até ela, com um alarme incerto no silêncio da meia-noite, a presença de uma pessoa, espreitada contra a parede e tão próximo dela. Ela esperou resposta, bateu as janelinhas e foi à sala, pôr a mesa.

Na sala, fria e grande, muitos móveis estavam amontoados, entre eles cadeiras e poltronas antigas. Junto àquela parede, onde ficava a porta para o vestíbulo, havia um piano de cauda. As portas altas que davam para a sala de visita estavam trancadas. Da corrente que descia do teto, uma lâmpada iluminava a mesa junto à parede, defronte às janelas.

Indo da cidade para a pequena mata de Miliútin, que fora vendida para extração, o comerciante estava de passagem, pernoitando na propriedade. Era baixo, pesado, tinha barba preta com pelos castanhos esbranquiçados, olhos escuros, pequenininhos e zarolhos. Ele desabotoara os colchetes superiores do seu casaco estilo románov, de pele de carneiro, cor de sujeira, muito grosso e fedorento, e virara do avesso a gola que se desenhava até o peito, da qual saltava a pele de ovelha acinzentada. De *válienki* pretas e igualmente forradas, ele dava passos leves, perambulando pela sala, analisando a mobília, os guarda-roupas, o cavalo de bronze dentro da campânula de vidro, que ficava sobre o aparador. De um salto, o perdigueiro começou a latir grosso – e ele, com um sorrisinho de surpresa e prazer, observou como o som se propagava pela casa vazia, fazendo ressoar as cordas de cobre do piano; ele levantou sua tampa, experimentou as teclas em diferentes pontos, com o dedo anular...

— É gostoso aqui, é quieto — disse ele para Liúbka, que entrava e saía.

— Um tédio — respondeu ela, dando uma leve risadinha.

Ela pôs a mesa. Trouxe um vasinho com uma geleia verde, um pires de sal com pequenas migalhas de pão e um prato com um pedaço de toucinho que, na gordura endurecida e parecida com algodão, reluzia com uma cor de ferrugem multicolorida. Por fim, uma garrafa de vodca que estava revestida por uma camada opaca de gelo.

— Pois você tinha era que arrumar uma distração — disse o comerciante, aludindo, por hábito, àquilo a que todos aludem.

— É, isso é verdade — respondeu Liúbka, num tom igualmente habitual, despreocupado.

Agora já não havia mais a vivacidade de antes em suas respostas. Ela se tornara mais calma, falava menos, de modo mais simples e áspero, acostumada que estava a dar ordens e a ralhar com os empregados, desabituada dos senhores. Limitada, ela parecia ser inteligente, graças a esse jeito peculiar às mulheres iguais a ela, que não são de falar o supérfluo.

Quando ela trouxe o samovar, erguendo-o até o alto para colocá-lo sobre a mesa, o comerciante mudou de lugar, foi da mesa para o sofá, sem tirar o olhar zarolho do seu peito. O branco pardo dos olhos dela brilhou de esguelha e, indiferente, sem se apressar, ela se afastou e deixou-se ficar junto ao forno frio, como que se aquecendo. Ele arregaçou a manga do casaco, do qual saía uma lã macia e cor de fumo, e pegou a faca com a mão esquerda e o garfo, com a direita. Liúbka percebeu. "Canhoto", pensou ela, "um sem-vergonha na certa". Mas, de novo, o perdigueiro começou a latir com estrondo, olhando o vestíbulo, e ela novamente ouviu com atenção, alarmada.

— Mas para quem é que é tudo isso? — perguntou o comerciante, depois de beber, arreganhando as ventas. — Como ecoa! — disse ele enquanto ouvia. — É que nem um órgão.

— Vai ver que é o bêbado do marido da nossa vaqueira, vagabundeando — disse ela e, após pensar por um instante, sorriu, zombeteira. — Tem cada passatempo por aí, Deus que me livre!

O comerciante, cortando um pedaço de carne salgada e besuntando-o com mostarda, surpreendeu-se, indiferente:

— É mesmo?

— Juro por Deus. — disse Liúbka. — É que ela sai com um, mas não larga do outro. E esse fica aí, rodeando. É pecado julgar, mas isso só pode dar em desgraça.

— Ah, é... E ela ainda se arrumou com um amiguinho?

— E um só?! — disse Liúbka, pensando não na vaqueira, mas em si e seu amante, um alfaiate de Chatílov, que era terrivelmente ciumento e que sempre a ameaçava de morte.

LIÚBKA

Enquanto falava, ela olhava pelo canto dos olhos para a janela perto da porta, na sala de visitas. Em todas as janelas brilhavam com força, verdejantes, os vidros de baixo, que se empalideciam. Naquela janela, que particularmente não se encrostara de gelo, viam-se as estrelas esparsas no céu azul, o verde do jardim e os beirais com neve. O comerciante comia, pensando em alguma coisa. Liúbka deu um bocejo fraco e começou a falar de novo:

— Faz um frio daqueles. Nos cafundós que se mete, você vai é congelar.

— É muito simples — disse o comerciante e depois olhou para o perdigueiro, que deitara o focinho nas patas. — E este cachorro, de quem que é?

— Ah, do nosso patrãozinho, Nikolai Kuzmítch — disse Liúbka. — Ele me encheu até não poder mais. No pátio não dá para ele viver, é delicado demais. É inteiro pelado. Dou banho nele duas vezes por semana, não tem jeito de dar um fim nesse cachorro. O patrãozinho é meio biruta.

— É, e, pelo visto, é também um belo de um bobo — colocou o comerciante.

— Bobo ou não, não sou eu, mulher, que vou julgar — disse Liúbka, pensando que aquela resposta sincera agradaria o comerciante. — Só que, na verdade, ele não tem serventia nenhuma, nem na casa ele não vive, não, mas fala do cachorro nas cartas, fica preocupado.

— E já faz tempo que você mora aqui?

— Faz tempo. Uns bons sete anos.

— E então, gosta?

— E eu lá preciso de mais? Eu sou dona de mim. Eles, os patrões, praticamente nem vivem aqui.

— E o marido está servindo?

— Está servindo.

— E não mandaram ele para a guerra?

Liúbka pôs-se a rir, mantendo os braços cruzados atrás, como se os esquentasse.

— É assim que eles são felizes, os malditos — disse ela, rindo.

— E o serviço militar, ele não acaba logo, não?

— Logo, logo acaba, desgraça! O tempo todo ele escrevia, ameaçava: "Vou me entregar para a bebida". E eu com isso? Pois que fique no chão — disse Liúbka o mesmo que vivia dizendo ao alfaiate. — E, além disso, é ciumento que só, como o amor dele me encheu até não poder mais... Antes ficava sempre ameaçando: "te mato", mas era só eu falar uns mimos que ele acabava era babando. E daí? Mesmo que me mate... Só de noite, quando o cachorro começa a latir assim, aí dá até arrepio, isso é verdade...

— Você tem direito de falar dele — disse o comerciante. — Já foi o tempo quando se matava assim, a troco de nada.

Ele comeu todo o toucinho, cortou fora a gordura de algodão, bebeu toda a vodca. Desabotoou todo o casaco, seu olhar ficou seboso. Soluçando, ele tirou do bolso um oitavo de tabaco vermelho, uma piteira de junco e um bloquinho de papel de seda, que abriu com cuidado; assoprou uma folha, enrolou um cigarro gordo com seus dedinhos curtos e suas unhas saltadas e redondas e fumou com prazer.

— E faz tempo que se casou? — perguntou ele com um risinho turvo.

— Já vai pra cinco anos.

— E não tem filhos?

— Não.

— Mas por que assim? Já que, ao que parece, é mulher de fibra, é mulher das boas.

— E como! — disse Liúbka, lisonjeada, mas rindo com ironia, e começou a mentir: — Já isso, parece, não é minha culpa, eu mesma sinto falta de filho. Ele é que é meio estragado e eu é que tenho culpa? E por conta disso ele tem mágoa de mim, fica ofendido. Desde mocinha eu sou fogosa, e mordia ele até ficar roxo, ele até era muito esforçado, mas não serviu não... É a sina da mulher que é ruim — disse ela.

O comerciante deitara sobre ela os olhos entreabertos. Dava baforadas cada vez mais longas, soprando a fumaça para o teto.

— É verdade — disse ele, não sabendo o que falar. — E o que você faz aí, perto do forno, está se escondendo de quê?

— Estou me esquentando — disse Liúbka, com uma sinceridade jocosa, e sentou-se à mesa, na cadeira.

Ela percebia que o comerciante começava a se inquietar, sem saber como chegar à coisa. Ele, apoiando as costas no sofá, às vezes inspirava, resfolegava, fechando os olhos e, sorrindo sombrio, às vezes voltava o olhar pesado para os peitos dela, ou para a risca do cabelo – assim, seus olhos ficavam ora vidrados, ora ardiam. Aparentando não notar nada, Liúbka, pálpebras baixas, bebia chá aguado com limão e limpava, com a ponta do lenço amarrado na cabeça, seu lábio superior suado, coberto por uma penugem preta. O comerciante inspirou ainda com mais barulho e de repente, sem olhar para ela, começou a desabotoar, com pressa e sem jeito, com sua mão grossa, a camisa de flanela azul, debaixo da qual havia um colete. Ele o desabotoou, introduziu a mão no bolso lateral interno e tirou uma carteira. Liúbka, com a ponta do dedo, moveu a fatia fina de limão para o canto do pires, colocou-a na boca e começou a chupá-la, torcendo o rosto desmedidamente, aparentando só sentir uma coisa – o azedume ácido. Num instante ela notara que a carteira era muito grossa e gasta, percebera, num golpe de vista, um maço roliço de cédulas rosas que o comerciante tirou da carteira. Ele separou uma cédula que estava remendada por uma tirinha de papel, escondeu as restantes e, com a mão esquerda, começou a enfiar a bolsinha de volta e, com a mão direita em concha, cobriu o dinheiro.

— Isso está bom? — perguntou ele.

Como se não estivesse entendendo nada, Liúbka olhou indiferente a cédula de dez rublos, depois lhe voltou os olhos lânguidos, perscrutadores.

— Eu não disse nada, não? — ele repetiu audacioso, quase grosseiro.

Calada, pegou o dinheiro e meteu-o no bolso da saia para, em seguida, deitar sobre ele um olhar demorado. Ele, não sabendo o que falar e fazer, tomou-a pela mão direita, puxou-a pelos dedos tortos nas extremidades. Ela recolheu a mão e, também sem saber o que dizer, perguntou:

— Acabou de comer, não quer o toucinho?

E pegou o pedacinho que sobrou no prato e o meteu na boca.

— Eu amo — disse ela. — Ele é doce, ainda mais fritinho na frigideira. — E rindo: – É Quaresma e nós enchendo a pança... — Depois de calar por alguns instantes, acrescentou com desatenção: — De qualquer jeito, a gente vai queimar tudo junto no inferno, mesmo.

— Isso por causa de quê? — perguntou o comerciante.

— De tudo. Nosso lugar é no inferno. Os velhos falam que, de qualquer jeito, mujique não vira santo, não. Isso é coisa pra bispo, pra arquimandrita.

E de repente, endireitando-se, sussurrou decidida:

— E então, vamos...

V

Ignat, em pé na neve, há muito já não sentia as pernas. também sua cabeça enrijecera, estava congelado de ponta a ponta e o casaco ficara fino e gelado. No começo ele mexia os dedos dentro das botas, movimentava os ombros. Depois, já não deu mais atenção ao fato de que todo o seu último calor se concentrara e vibrava em algum lugar bem no cocoruto do estômago, de que os lábios se endureceram, de que a geada se fizera crescer o redor do capuz, nos cílios e no bigode.

Ele não notava o passar do tempo, inteiramente tomado por um desejo ardente de confirmar suas suspeitas. O galo cantou pela segunda vez. A força, a luz, a beleza da noite começaram a se enfraquecer. O quarto de lua, empalidecendo, pendia para o oeste. Órion e suas três estrelas transversais à lua pairavam baixas, a sudoeste do horizonte, como botões prateados, mais perto e mais brilhantes. Das dependências da criadagem, sobre a qual pendia a lua, recaiu uma sombra que abarcou metade do pátio. Estava tão gélido e quieto que se podia ouvir como foliavam no poleiro as galinhas que haviam dormido ao abrigo do prédio da criadagem. Ouvia-se também como, na cocheira, o cavalo do comerciante ruminava a aveia, numa única cadência, e depois como ele, com um profundo suspiro, se deitou. Defronte à última janela baixa da sala que não se encrostara de gelo, sob os galhos que pendiam dos pinheiros, salientava-se um banco. A neve, acetinada em alguns pontos, granulada como sal em outros, cada vez mais dura pelo frio, rangia e ruía a cada passo, por mais que cuidadoso. Prendendo o ar, Ignat alcançou o banco, subiu em cima dele e, afastando com as mãos as folhas pontiagudas e brilhantes como gelo, esqueceu-se de tudo quando avistou o interior da sala, quando avistou aquela, para ele, terrível mulher, que se movimentava, falava algo e sorria, e aquele homem, que estava a sós com ela, àquela hora avançada, por toda a casa.

Mas o tempo passava e passava – e nada demais acontecia na sala. Eis que Liúbka sentou-se, finalmente, à mesa, e o comerciante começou a tirar algo do peito. Mas o quê? Por mais que forçasse a vista, Ignat não pôde ver: o samovar, a louça atrapalhavam... Então Liúbka se levantou, apoiou-se, aproximou-se do comerciante e, pela fenda desabotoada atrás de seu vestido, dava para ver a anágua branca. E pairou no mundo um silêncio tão terrível que nele sobrou apenas a batida colérica do coração de Ignat. Mas naquele mesmo instante ela endireitou-se, foi rapidamente até a sala, até a porta que levava para dentro da casa, e o comerciante ia atrás dela; e leve, já sem pensar em nada, Ignat pulou do banco e correu por debaixo dos pinheiros rumo ao lado oposto da entrada principal, para assim, depois de circundar a casa, entrar nela pela entrada de serviço. No azul vazio do firmamento, que contava com novas estrelas matutinas, transpareceu, escurecendo, o jardim baixo, afundado na neve. Há bem pouco Ignat notara, saindo do jardim, montes de galhos secos entre ele e a casa. E neles sempre havia um machado largado. E, chegando ao monte, apressou-se em procurar seu conhecido machadinho, denteado, enferrujado, de cabo escorregadio – começou a apalpar, esfolando as mãos nas varetas de gelo, queimando-as na neve que brilhava azulada contra a lua baixa, sonolenta.

Enquanto isso o comerciante, apalpando no bolso do casaco um revólver pequeno, pesado como pedra, adentrava o corredor escuro, a mão estendida.

— Aqui tem um monte de galho para queima; olha, não vai cair — disse Liúbka, e ele, pisando e estalando os ramos, sentiu o cheiro amargo e agradável de casca de carvalho fria e das folhas secas na neve.

Liúbka parou, dizendo:

— Aqui é o vestíbulo da área de serviço.

Ela procurou pela parede e abriu a porta de uma despensa, muito fria, cheirando a presunto. Estava iluminada foscamente por apenas duas janelas que se azulavam, cujos vidros superiores não se encrostaram de gelo. O quarto de lua jazia ao longe, do outro lado da casa, e o cômodo estava escuro, mas ainda assim o comerciante distinguiu os pernis pendurados no teto, a vasilha com toucinho, a desnatadeira, uma bicicleta que luzia fracamente por causa do níquel, as bilhas que branquejavam no chão e uma cama junto à parede – de madeira, sem colchão de penas, com um travesseiro sem fronha. E, depois de virar-se para ele, ao passo que se movia para trás, em direção à cama, Liúbka o precaveu, mas com um sussurro misterioso, adequado ao momento:

— Olha lá, não vai cair na manteiga...

Ela parou da maneira mais apropriada para se deitar, para que o comerciante pudesse empurrá-la. E, à meia-voz dela, de imediato, as pernas dele ficaram bambas. Ela ainda sussurrava alguma coisa, carinhosa, com voz trêmula, mas ele já não mais a ouvia – envolvera-a e apertava contra si seu corpo pesado, empurrando-a para cada vez mais perto da cama, até suas panturrilhas lá baterem, até que a cama chegasse bem embaixo de seus joelhos. E naquele momento, Liúbka, que até então resistia levemente, desabou-se silenciosa. Ela sentia a dor da pressão do relógio, da corrente, com uma mão alisava a barba cheia e macia e, com a outra, segurava com força o dedo indicativo do grande anel de ouro. Ela sentia o doce suplício que lhe adentrava, as ondas de força lassa e, como que importunada, começou a mastigar os pelos da barba que tapavam sua boca. Com ambas as mãos ela abraçou e apertou contra si o pescoço atarracado e enrugado, o cabelo desgrenhado... Mas essa cabeça de repente começou a escorregar mãos abaixo; o tronco de Liúbka sentiu um alívio, já suas pernas ficaram doloridas pelo peso. Ela se soergueu. O comerciante sentou-se no chão, pesado, começou a estertorar e caiu para trás, batendo levemente a nuca. Ela ergueu-se de um salto e atirou-se nele para levantá-lo. Mas ele respirava como um moribundo, arquejando e chiando com a garganta. Seu corpo de barriga alta, que inflava, era enorme e pesado, igual morto. E um medo frio banhou a cabeça de Liúbka.

Com as mãos trêmulas ela pôs-se a arrebentar os botões da gola de sua camisa de flanela, soltar o cinto de fivela prateada. Depois, ela apanhou o travesseiro da cama e o jogou no chão. Correu até o vestíbulo, acendeu um toco de vela, enfiou uma toalha num balde d'água e voltou, iluminando os ratos que se atiravam para todos os lados do corredor. Colocando a vela na cama, ela cobriu com a toalha a fronte e os olhos revirados do comerciante, olhando com terror para o seu corpo montanhoso que ali jazia, para as abas abertas do casaco e para a toalha branca sobre o rosto cinza-azulado com a barba preta arrepiada para cima. E, de repente, como um trovão, a porta bateu. E, ao levantar os olhos, Liúbka petrificou-se quando viu diante de si um soldado, cuja estatura lhe pareceu quase chegar ao teto. Na mão direita, atrás de si, ele segurava um machado. Dando um passo em direção a Liúbka, ele rapidamente empunhou seu cabo, mas ainda mais rapidamente, aproveitando o último segundo, ela o estacou em seu lugar, com voz firme.

— Esse pecado é meu— disse ela ligeira — Acaba logo com isso. Vamos ficar ricos. Vamos falar que ele teve um acidente. Anda!

Ignat olhou para o rosto dela, subitamente magro e recortado, para seus olhos pretos arregalados e imóveis, para a blusinha vermelha de mangas arregaçadas, os braços morenos e roliços – e bateu com toda a força a lâmina do machado na toalha úmida.

VI

Quando o galo cantou pela terceira vez nas dependências da criadagem, já havia uma lâmpada acesa e o forno já ardia. Aquecendo-se defronte a ele, num banquinho, estava sentada a cozinheira, que bocejava levemente e, sem piscar, olhava a labareda quente e multicor, enquanto chamava Fédka,[12] o empregado do comerciante, que dormia sobre o forno, pois recebera a ordem de atrelar o cavalo mais cedo. Modorrento, com a cara inchada e remela nos olhos, ele desceu do forno, apanhou da tina uma concha d'água gelada, lavou-se com uma mão, desembaraçou seu

12 Diminutivo de Fiodor. (N.T.)

cabelo denso e desgrenhado com o pente de madeira da cozinheira, persignou-se no canto e, tossindo, tomou um lugar à mesa, comeu um potinho de batatas quentes e, depois de encher a mesa com um punhado de sal e cortar uma enorme fatia de pão, vestiu-se confortavelmente: cingiu um cinto muito baixo e apertado, acendeu um cigarro e, com ânimo, ganindo pela neve gélida e matinal suas botas de cano alto, duras como pedra e arruivadas pela neve, sacudindo o lampião coberto de fuligem, no qual ardia um toco de sebo, foi atrelar o cavalo.

Os galos findavam seus cantos, a noite se misturava com o dia. Através da penumbra indefinida da madrugada e da precisão matinal, os objetos se distinguiam. A neve no pátio, nos telhados, tornava-se branco-pálida, azulando-se um pouco. O céu se empalidecia, ganhava amplidão atrás do jardim, atrás do arvoredo ralo. O ar estava limpo e espicaçante, como éter. Na folhagem pontiaguda, densa e verde, do jardim gélido-imóvel, as gralhas foliavam. Já no oeste ainda se sentia a noite, seu mistério. O quarto de lua baixo brilhava morto na penumbra do horizonte, no firmamento azulado, atrás da vastidão do rio, coberta de neve. Ao abrir o portão do galpão e colocar o lampião no fáeton velho e pesado, emporcalhado pelas galinhas e coberto de lama congelada desde o outono, Fédka pegou no reboco gelado do pequeno trenó pintado e, recuando, ralando as lâminas de ferro na terra congelada, arrastou-as da escuridão para além da soleira, para a luz clara da manhã. Depois de tirar os arreios das estacas de madeira, pregadas na parede de pedra do galpão, ele foi pelo monte de neve comprido e duro, passou em frente à janelinha da estrebaria, tampada pela neve, rumo à cocheira onde ficava o garanhão pesado e peludo do comerciante.

Estava quente no estrume e na escuridão da cocheira, um cheiro agradável de cavalo, do seu excremento fresco e do feno que não fora comido. Largo, todo encaracolado e grisalho da geada, o garanhão, ao ouvir a batida da porta, virou a cabeça para a luz e pôs-se a relinchar levemente. Fédka aproximou-se dele – e ele, brincando, baixou a cabeça. Fédka colocou-lhe os arreios – e ele encurvou ainda mais sua cerviz gorda, que tinha as crinas embaraçadas e hirtas. Com o cavalo sacudindo a cabeça, empurrando com a testa o casaco apertado e o peito de Fédka, custou-lhe conseguir montar os arreios. Finalmente, Fédka os fincou nos dentes afastados e amarelos do garanhão, secou a mão suja de baba e espuma na crina dele, fazendo logo duas coisas – limpando a mão e alisando, endireitando os pelos eriçados e despenteados do pescoço –, e o levou ao cocho para lhe dar de beber.

Do patamar da entrada principal, da casa quieta, coberta de neve e com janelas mortas, de repente saltou um cachorro branco com manchas marrons. Enlouquecido, com latidos entrecortados, ele deu duas voltas ao redor da escada e atirou-se de novo casa adentro. Fédka olhou para ele com surpresa. Mas o garanhão espichou-se em direção ao cocho de água, bateu com a fuça na crosta de gelo que cobria o líquido, quebrou-a – e a água começou levemente a se vaporizar. O garanhão abocanhou-a com seus lábios aveludados e, fungando, sugou-a por muito tempo; ele parava, mastigava os gelinhos, voltando levemente a cabeça para Fédka – e Fédka, carinhoso, incentivava-o assoviando, olhando-o nos olhos claros, grandes, e nas gotas transparentes que caíam dos lábios.

— Arre! Mas que tanto bebe? Você não vai encher esse bucho para toda a vida, não! — disse ele, com voz sonora, e levou o garanhão ao trenó.

Ficou completamente claro. No jardim, nos arbustos nus, os pardais já cricrilavam. O céu atrás do jardim embaciara-se, tingira-se de um vermelho-sangue alaranjado. O quarto de lua, avermelhando-se, punha-se atrás da aldeia, que se destacava e se esbranquiçava devido aos telhados do oeste lilás-escuro. Garanhão atrelado, rédeas presas e seguras às mãos, Fédka lançou-se para um lado, buscando o assento do trenó, enquanto o garanhão foi para o outro, dando um tranco ao sair do lugar. Atirado ao assento pela corrida, rasgando com os arreios os maxilares do cavalo e, na curva, sulcando violentamente com as lâminas a casca de gelo sobre a neve esfarelada, Fédka, com um rangido sedoso, atravessou o monte de neve macio e novo do portão e desembestou em direção ao campo, rumo ao leste claro e alegre – ia aquecer o cavalo.

O velho e pesado garanhão logo ofegava. Fédka, depois de correrem cerca de uma versta e meia, com o rosto queimado pelo vento cortante que lhe ia ao encontro, fez uma ampla curva e retornou em ritmo lento. E assim, ambos entraram no pátio, rumando para a entrada principal da casa senhorial – de repente, Fédka arregalou os olhos e esticou as rédeas: a cozinheira, em prantos, com seu rosto pálido desfigurado à luz áurea da manhã, corria da entrada para as dependências da criadagem e, junto à entrada, estava sentada uma pessoa de uniforme cinza-avermelhado, de *bachlik* ao redor do pescoço, o cabelo aparado descoberto. Inclinando a cabeça, com a mão direita, ele tirava um pouco de neve branca e fresca de debaixo da casca de gelo cinza, juntava um punhado dela e o colocava nas têmporas.

Orelhas em laço

Nesse dia escuro e frio, muitos se deparavam com Adão Sokolóvitch, homem extraordinariamente alto, que dizia ter sido marinheiro, ora perto da estação de trem Nikoláievski,[1] ora em diferentes pontos da Avenida Niévski. Do passeio da Lígovka, ele olhava com uma seriedade incompreensível para o monumento a Alexandre III, para a fileira de bondes, que desenhavam um círculo pela praça, para as figuras negras das pessoas, para os coches e os cavalos de tiro, que iam para a estação, para o enorme automóvel dos correios que saía sob o arco da estação, para uma carroça que levava a algum lugar, em meio a esse movimento, um caixão paupérrimo, amarelo-claro, sem nenhum acompanhante. Parado na ponte Ánitchkov, sombrio, ele perscrutava as águas escuras, acinzentadas pela neve suja das barcaças. Perambulando pela Niévski, examinava com atenção os artigos nas vitrines das lojas. Não notá-lo e não se recordar dele era impossível. E cada um que dava com os olhos nele experimentava um sentimento confuso de desprazer, uma certa aflição e, virando-se, pensava:

— Ah, que senhor pavoroso!

---

1 Este e os demais lugares que serão mencionados no conto referem-se ao centro de Petersburgo, região comercial com grande fluxo de pessoas, centro mercantil e social da Rússia Imperial. (N.T.)

O sapato, as calças apertadas, o sobretudo de lã grossa com respingos de lama atrás e o quepe inglês de couro contavam que eram usados há muito tempo, permanentemente e em todos os climas. Extraordinariamente alto, magro, desajeitado, pernalta, grandes plantas dos pés, boca recém-barbeada, barbicha amarelada e bem rala, cerrada sobre uma mandíbula fortemente avantajada, de rosto sombrio, hostil e introspectivo, ficava ele horas a fio defronte às vitrines, sem tirar as mãos compridas dos bolsos e mascando uma piteira de forma cadenciada. Será, realmente, que ele se interessava tanto por todas aquelas gravatas, relógios, malas e materiais de secretária? Logo se via que não, que ele era uma daquelas pessoas estranhas, que perambulavam pela cidade de manhã até a noite na expectativa de algo, simplesmente porque só podiam pensar andando, na rua, ou então porque não tinham casa.

Passou a noite num restaurante barato perto da Raziézjaia, com uns dois marinheiros.

Sem tirar os sobretudos, todos os três estavam sentados num salão mal iluminado e frio, ao redor de uma mesinha desaconchegante que ficava junto à parede. Sokolóvitch se instalara de um jeito particularmente desaconchegado: para suas costas olhava um homem, um tártaro pequeno e de cabeça redonda, que estava em pé no fundo do restaurante, atrás do balcão de petiscos; diante de seus olhos, destacava-se o anúncio de uma fábrica de cerveja, que retratava três almofadinhas felizes de cartola na cachola, taças espumantes às mãos; à sua direita soprava a todo instante uma umidade gélida, trazida pelos clientes que chegavam da rua, e à esquerda soprava o vento dos garçons que iam e vinham correndo do balcão: lá, três degraus acima, havia uma soleira – era a entrada para um corredorzinho, que cheirava a cozinha e a acidez de gás – e via-se a porta aberta para a sala de bilhar, escura em cima e clara embaixo, onde as bolas estralavam com força e andavam, com os tacos nos ombros e só de coletes, homens descabeçados: suas cabeças se perdiam na penumbra. Ao sentar-se em seu lugar desassossegado, Sokolóvitch tirou do bolso do sobretudo um cachimbo e, arqueando as sobrancelhas, olhou fixamente o anúncio de cerveja. Os marinheiros conversavam com o garçom, que se aproximara, enquanto ele começou a encher seu cachimbo com tabaco. Sem se dirigir a ninguém, ele disse vagarosamente, com sua voz densa:

— Por que colecionam todo tipo de besteira e não colecionam os anúncios, ou seja, documentos históricos, que retratam de um jeito mais verídico os ideais humanos? Por acaso estes janotas, por exemplo, não expressam o sonho de nove décimos de toda a humanidade?

— O senhor é um filho de Pan[2] mesmo — observou com hostilidade um dos marinheiros, Liévtchenko.

— Eu sou filho do homem — disse Sokolóvitch com certa solenidade, que poderia passar por ironia. — Minha nobreza não pôs empecilhos para que eu visse o mundo e todos os seus deuses. Não pôs empecilhos nem mesmo para que eu fosse chofer... Sabe, isso dá muito prazer; o prazer de ver como as ruas avançam para cima de você e como uma dama hesita diante de ti, sem saber para qual lado correr.

E dito isso, acendeu o fumo, colocou o cotovelo na mesa, apoiando o cachimbo com a grande mão esquerda, na qual não se via a camisa embaixo do casaco. Nela, ainda azulava,

2 Nome dado aos senhores de terras na região da Polônia, Bielorrússia, Lituânia e Ucrânia até a Revolução de 1917. (N.T.)

sobre o osso alongado e plano, uma tatuagem – um sinuoso dragão japonês.

Por toda a noite beberam em xícaras, como se fosse chá, conhaque cazaque, beliscando bolinhas róseas de sabor hortelã. Esfumaravam sem dó. Os marinheiros, como todos os operários, permanentemente insultados pela vida, falavam muito, cada um tentando falar somente de si; escarafunchavam na memória as piores baixezas de seus inimigos e opressores, gabavam-se – um, certa vez, teria dado "na fuça" do ajudante critiqueiro do capitão, já o outro havia tocado o mestre para fora do barco – e todos discutiam, gritando a cada instante:

— E então, quer apostar?

Sokolóvitch tragava o cachimbo, mexia o maxilar e, soturno, permanecia calado. Frequentador de todas as espeluncas de Kronstadt a Montevidéu, ele nunca enchia a cara; no entanto, só gostava de absinto, licor de gengibre. Naquela noite ele não deixou que suas companhias bebessem sozinhas, mas, aparentemente, o álcool não atuava nele. E isso também ofendia os marinheiros, ainda mais porque, como eles mesmos assumiam depois, o rosto forte e repulsivo de Sokolóvitch, com sua inclinação para a meditação misteriosa, sempre os irritava, e ainda porque não o conheciam muito bem e não podiam compreender nem seu caráter nem seu passado, nem sua atual falta de moradia nem sua vida ociosa. Liévtchenko, que se embebedara bastante rápido, certa vez, gritou-lhe:

— Mas é um tipo mesmo! Nós convidamos o senhor e o senhor nem toma parte, só fica aí com esse troço defumado!

E Sokolóvitch, de um modo grosseiro e tranquilo, tratou de colocá-lo no devido lugar:

— Tenha a bondade de não berrar. Isso me irrita. Eu já disse mais de uma vez ao senhor que o álcool tem pouco efeito em mim, além do que, pessoalmente, não me agrada. Meu gosto está embotado. Sou, como se diz, um degenerado. Entende?

Liévtchenko desconcertou-se e respondeu com desembaraço afetado:

— Então, tenha a bondade de não levantar a crista! Entender, entender o quê? Se fosse um degenerado mesmo, o senhor seria doente e fraco para bebida, mas o senhor está me contando o contrário. O senhor pode matar uma pessoa com uma mão, mas fala que...

— Estou falando a verdade — interrompeu Sokolóvitch, levantando a voz. — Todo degenerado tem algumas percepções e capacidades aguçadas, aumentadas, já outros, ao contrário, as têm diminuídas. Entendeu? E a força não tem absolutamente nada a ver com isso.

— E como é que dá para reconhecer esse degenerado, se ele é saudável feito um javali? — perguntou Liévtchenko, zombando.

— Pelas orelhas, por exemplo — respondeu Sokolóvitch, nem sério nem zombeteiro. — Os degenerados, os gênios, os vadios e os assassinos têm as orelhas em laço, ou seja, parecidas com um laço. O mesmo laço no qual eles acabam dependurados.[3]

— Sabe, é que matar qualquer um pode, é só se esquentar um pouco a mais... — ponderou outro marinheiro, Pilniák, desatento. — Uma vez, quando eu estava em Nikoláiev...

Sokolóvitch esperou até que ele terminasse e disse:

3 No final do século XIX Búnin ainda repercute a teoria do cientista César Lombroso, que relacionava a constituição física às inclinações de caráter, teoria esta já desacreditada pela comunidade científica. (N.T.)

— Eu, Pilniák, também desconfio que essas orelhas são próprias não apenas dos assim chamados degenerados. A paixão pelo assassinato e, em geral, por qualquer brutalidade mora, como os senhores sabem, em cada um. E há também aqueles que experimentam uma sede insaciável pelo assassinato e por motivos extremamente diversos: por exemplo, por força do atavismo ou por, em segredo, alimentarem o ódio contra alguém. Essas pessoas matam sem sentir raiva alguma, sem se esquentarem nem ao menos um mínimo com isso e, depois de fazê-lo, não só não se perturbam, como se costuma dizer, mas pelo contrário, recompõem-se, sentem-se mais leves. E fazem isso mesmo que a raiva, o ódio e a sede secreta de sangue se manifestem da forma mais abominável e lastimável. Já é hora de parar completamente com essa historinha de martírio da consciência, de horror que perseguiria o assassino. Chega de as pessoas mentirem, como se estremecessem tanto assim ao verem sangue. Chega de escrever sobre o crime com castigos, está na hora de escrever sobre o crime sem nenhum castigo. O estado do assassino depende de seu ponto de vista com relação ao assassinato e daquilo que ele espera em decorrência do assassinato, se é a forca ou a recompensa, o elogio. Será que, por exemplo, aterrorizam-se aqueles que aceitam a vingança entre famílias, o duelo, a guerra, a revolução, a execução? Será que se mortificam?

— Eu li *Crime e castigo*, de Dostoiévski — notou Liévtchenko, não sem orgulho.

— Leu? — disse Sokolóvitch, levantando para ele um olhar pesado. — E sobre o carrasco Deibler,[4] o senhor leu? Faz pouco tempo que ele morreu na cidadezinha natal, perto de

4 Louis Antoine Stanislas Deibler (1823-1904) foi um célebre carrasco francês. (N.T.)

Paris, com oitenta primaveras, depois de decapitar ao longo de sua vida exatamente quinhentas cabeças, por ordem de seu governo altamente civilizado. As páginas policiais também são apenas anotações arrazoadas sobre a tranquilidade mais cruel e o cinismo dos crimes mais hediondos. Mas a questão, contudo, não é essa, nem os degenerados, nem os carrascos, nem os calcetas. Todos os livros da humanidade, todos esses mitos, epos, bilinas, histórias, dramas, romances, todos estão cheios dessas mesmas anotações, e quem é que se assusta com isso? Todo moleque se esquece da vida lendo Cooper,[5] no qual só fazem arrancar escalpos. Todo colegial estuda que os tzares assírios forravam as paredes dos muros de suas cidades com pele de prisioneiros. Todo pastor sabe que, na Bíblia, a palavra "matou" é empregada mais de mil vezes e, em grande parte, com a maior vanglória e gratidão ao criador pelo ato perpetrado.

— E não é por isso que chama "Antigo Testamento"? Porque é história antiga — objetou Liévtchenko.

— Mas a história nova é de tal jeito — disse Sokolóvitch — que arrepiaria até os pelos de um gorila, se ele soubesse ler... Mas, não — disse ele, franzindo o cenho e desviando os olhos para o lado —, os gorilas pelados nem se comparam a Caim! Eles foram muito além de Caim. Desde aquela época quando, provavelmente, construíram a Babilônia no lugar do seu assim chamado paraíso, já há muito tempo eles perderam a inocência. Os gorilas de verdade ainda não tiveram nem esses tzares assírios, nem os césares, nem as inquisições, nem o descobrimento da América, nem reis, que assinavam sentenças de morte com um charuto na boca, nem inventores de

---

5 James Fenimore Cooper (1789-1851), autor de *O último dos moicanos*, entre outras obras. (N.T.)

submarinos que, de uma só vez, afundam alguns milhares de pessoas, nem Robespierres,[6] nem Jacks Estripadores... O que o senhor acha, Liévtchenko — perguntou ele, novamente levantando os olhos severos aos marinheiros —, será que todos esses senhores se martirizavam como Caim ou Raskólnikov?[7] Martirizavam-se todos os assassinos dos tiranos, homens opressores cujos nomes estão inscritos com letras de ouro nas assim chamadas tábuas da história? Os senhores se martirizam quando leem que os turcos abateram mais cem mil armênios,[8] que os alemães intoxicam poços com bacilos pestilentos, que as trincheiras estão entulhadas de cadáveres putrefatos, que os aviadores de guerra lançam bombas em Nazaré? Uma Londres ou Paris se martiriza, construída sobre ossos humanos e florescendo na mais furiosa e comum crueldade em relação ao assim chamado próximo? Só um Raskólnikov, como se vê, vive mortificado e apenas e tão somente por causa da própria anemia e por vontade de seu mau escritor, que enfia Cristo em toda sua literatura folhetinesca.

— Baixar! Mãos à obra! — gritou Liévtchenko, desejando transformar a conversa, que começava a lhe pesar, em brincadeira.

Sokolóvitch calou-se por instantes e, depois de cuspir por entre os joelhos, acrescentou com calma:

— Hoje dezenas de milhões já participam das guerras. Logo a Europa vai se tornar um perfeito reino de assassinos. E cada um sabe muitíssimo bem que o mundo não vai enlouque-

---

6 Maximillien Robespierre (1758-1794), um dos líderes da Revolução Francesa. (N.T.)

7 Protagonista do romance *Crime e castigo*. (N.T.)

8 O autor refere-se ao genocídio armênio, que ocorreu entre 1915 e 1917. (N.T.)

cer nem um pouquinho por causa disso. Certa vez disseram que ir às Sacalina[9] é muito perigoso. Mas eu desejaria saber: quem é que vai cogitar ter medo de viajar pela Europa daqui a um, dois anos, quando a guerra terminar?

Ouvindo-o, Pilniák pôs-se a falar de seu tio, que esfaqueara a própria mulher por ciúme. Sokolóvitch, depois de ouvi-lo, metido em pensamentos sombrios, notou:

— As pessoas, em geral, são atraídas muito mais pelo assassinato de mulheres do que pelo assassinato de homens. Nosso sentimento de prazer nunca é tão atencioso com relação ao corpo do homem como ao corpo da mulher, à criatura inferior deste sexo, que gera todos nós, entregando-se com volúpia verdadeira somente ao macho grosseiro e forte...

E, colocando os cotovelos nos joelhos, de novo silenciou e como que se esqueceu por completo de seus interlocutores.

Passando das dez horas, despedindo-se com arrogância e desatenção dos marinheiros, que ficaram no restaurante, ele novamente se dirigiu à Niévski.

A iluminação clara da Niévski abarcava uma neblina densa, tão fria e penetrante que os bigodes do oficial de polícia, que direcionava as carruagens, trenós e automóveis olhudos na esquina da Vladímirskaia, que iam uns para cima dos outros, qual redemoinho, pareciam grisalhos, brancos. Perto do Pálkin, um cavalo preto, caído de lado por cima do reboque, batia e agitava os cascos no passeio escorregadio, desesperado, esforçando-se para se endireitar. Era ajudado por um *likhátch*, apressado e desnorteado, que andava em círculos ao redor dele, muito estranho em sua saia monstruosa, enquanto um *gorodovói*

9 As Ilhas Sacalina foram, entre 1904 e 1905, um dos locais de embate da Guerra Russo-Japonesa. Posteriormente, tornou-se uma ilha de prisioneiros. (N.T.)

gigante, de rosto vermelho, gritava, agitando a mão na luva de linha, dispersando o povo e movimentando, com dificuldade, os lábios enrijecidos pelo frio cortante. Chegou aos ouvidos de Sokolóvitch que um velho de barba branca e de casaco de pele de quati, talvez um escritor célebre, fora atropelado ao atravessar a rua, mas Sokolóvitch nem parou. Pegou a Niévski.

Alguns o ultrapassavam e olhavam de baixo, com surpresa, para sua face; outros, ele mesmo deixava para trás. Com as mãos metidas no bolso e ombros levantados, escondendo na gola a mandíbula úmida pela neblina e olhando de esguelha a multidão de pontos pretos miúdos que corria à sua frente, destacando-se sobre ela de modo quase antinatural por sua altura, ele colocava suas longas plantas do pé no passeio, em ritmo cadenciado, o tempo todo começando com o pé esquerdo e dando este passo maior que o direito. Caíam na fumaça da neblina as sombras de carvão dos postes de energia elétrica. Nela, os cavalos atrelados aos coches e cobertos pela geada rolavam com um tropel monótono; os trotadores corriam com toda a pressa em meio a eles, sobressaindo-se pela força e ousadia, lançando vapor pelas narinas, que se misturava com as ondas de fumaça levadas pelo vento; passou voando um casal, uma rajada furiosa de vento – um oficial jovenzinho, enlaçado à cintura de uma dama, que se estreitava contra ele, rosto escondido no regalo de pele de ovelha... Sokolóvitch diminuiu o passo e, por muito tempo, seguiu com os olhos aquele casal que ia para lá, para onde a corrente infinita das luzes vinho-avermelhadas dos bondes se perdia, para onde as fulgurações esverdeadas se incendiavam em meio à cerração gélida de um enorme fluxo, com o qual a Niévski se parecia. O rosto grande era feroz em sua concentração.

Ele atravessou a ponte Ánitchkov de viés e foi para o outro lado da avenida. Lufavam mais fortes o vento e a neblina; ao longe, na altura escura e nebulosa, assinalava-se o olho avermelhado do relógio na torre da Duma municipal. Sokolóvitch parou e assim permaneceu longamente, fumando cigarros e olhando de soslaio as prostitutas que passavam infinita e demoradamente à sua frente, já surgidas nos passeios; às suas costas havia a imensa vitrine espelhada de uma loja fechada, iluminada de forma triste, noturna, da qual olhavam desapaixonadas beldades de cera – beldades louras com grandes cílios ralos e longos, de sobretudos e peles caras, com pernocas de madeira que, mortas, protuberavam-se em calças da moda, passadas a ferro de maneira esplêndida... Depois ele começou a andar adiante, chegou à catedral de Kazan, degolada pela neblina e pela escuridão, e subiu no patamar da entrada do Dóminik.

Lá, no sufoco da multidão que comia e bebia em pé e sem tirar os casacos, como se ainda estivesse na rua, ele se sentou num canto escuro – só estava claro em cima do balcão – sitiado pela gente e pediu café preto. Do nada absoluto apareceu, perto de sua mesa, um senhor franzino de chapéu-coco, com um rostinho gelado, que rapidamente pediu permissão para pegar um fósforo e ligeiro, com o rosto iluminado, disparou como uma metralhadora:

— Perdoe, por favor, mas o senhor lembra demais um conhecido meu, Iánovski, de Vilno.[10]

Sokolóvitch olhou-o duramente nos olhos e respondeu com uma seriedade pesada:

— O senhor está enganado, senhor agente.

10 Atual Vilnius, capital da Lituânia. (N.T.)

No Dóminik ele ficou até a uma da manhã. Finalmente, o salão do restaurante esvaziou-se e encheu-se de estalidos de cadeiras que os garçons, de repente lacaios grosseiros e muito à vontade, reviravam e atiravam nas mesinhas. Ele espiou seu grande relógio de prata e levantou-se do lugar.

De madrugada, coberta pela cerração, a Niévski é assustadora. Deserta, morta, nebulosa, ela parece parte daquela mesma neblina do Ártico, que vem de lá, de onde é o fim do mundo, onde se esconde algo incompreensível pela razão humana, que se chama Pólo. O meio desse fluxo de fumaça ainda estava iluminado de cima, pela luz alvacenta de esferas elétricas. Nos passeios, perto de vitrines pretas e portões trancados, estava mais escuro. Por elas, perambulavam mulheres com aparência despreocupada, cantarolando num passo tranquilo, mas tiritando de frio até as entranhas devido à umidade gélida, arrumadas num gosto barato e que não correspondia ao ambiente; alguns rostos faziam pasmar por tamanha nulidade das feições, o que é horrível – é como dar de encontro com um ser de raça alheia e ignorada, mas não humana.

Sokolóvitch, ao sair do Dóminik e percorrer uns duzentos passos, pegou, dentre essas mulheres, uma tal de, como viram depois, Korolkóva, que chamava a si mesma só de Koroliók: pequena, miúda, mas aparentemente gorda, pelas roupas modernas e de mau gosto que usava, pelo chapeuzinho feito de um jeito muito complicado e também largo demais, de veludo preto enfeitado com um tufo de cerejas de vidro. Os zigomas bem acentuados de seu rosto e os olhinhos pretos profundamente encovados traziam em si algo que lembrava um morcego. Meneando a cabeça com desembaraço fingido, como se até tivesse alguma consciência da irresistibilidade de seu sexo, ela segurou a saia com uma mão e, com a outra, um regalo chato de pele preta brilhante, e interceptou o caminho do transeunte corcunda, Sokolóvitch, fechando a boca. Percorrendo-a com um olhar perscrutador, logo de imediato ele gritou com sua voz grossa ao cocheiro que estava na esquina. E eis que, tomados os assentos naquela caleça apertada, esse casal rodou a princípio pela Niévski, depois pela praça em frente ao brilhante relógio da estação de trem Nikoláievski que, já escura, liberara todos os seus comboios às profundezas da nevada Rússia, depois passou em frente àquele terrível cavalo gordo, que eternamente curva, na chuva ou na neblina, seu pescoço grande, pedindo as rédeas a seu cavaleiro corpulento,[11] pela Gontchárnaia, e adiante, pelas ruas e travessas enevoadas, nos cafundós misteriosos dos arredores noturnos da capital.

Sokolóvitch fumava calado pelo caminho. Korolkóva, pelo visto, incomodando-se com esse silêncio, notava que, segundo sua opinião, os cigarros "Goleníschev-Kutúzov" eram melhores do que os "Siren". Essa tentativa de iniciar uma conversa simples, até um tanto amigável, que ainda não estava ligada ao objetivo da viagem, fora lamentável e comovente; mas Sokolóvitch não abriu a boca. Então, ela começou a pedir que ele a pagasse adiantado e acrescentou, com ousadia fingida, que, para a noite inteira, ela só concordaria mediante um bom preço. Calado, ele tirou duas moedas, dando-lhe dois rublos de prata. Ela pegou, mordiscou uma delas com o dente, achou que era falsa, escondeu-a no regalo, falando que aquela não contaria, mas que ela ficaria com ela mesmo assim, só por lembrança, porque agora eram tempos de guerra e a prata era rara,

11 Alusão à célebre estátua do Cavaleiro de Bronze, erigida em homenagem ao fundador de São Petersburgo, Pedro, o Grande. (N.T.)

proibida.[12] Pôs-se a pedir mais. Sokolóvitch fez uma pausa e deu-lhe mais um rublo. Então ela fez mais uma tentativa – a de ser mulher: de repente se assustou e fez um movimento para estreitar-se contra ele. Assustou-se fingida, mas, talvez, não fosse fingido o sentimento que de repente se apoderou dela: ela sentiu uma atração pungente por aquele homem grande, forte, pleno em sua deformidade e soturnez inclemente. Mas ele não correspondeu ao seu movimento.

Eles foram longe. Korolkóva ordenou que o cocheiro parasse perto de um prédio de tijolos, de dois andares, com a tabuleta: "Quartos para hóspedes – Belgrado." Já eram quinze para as duas, o lugar estava completamente abandonado.

Sokolóvitch e Korolkóva tomaram a passadeira gasta e subiram ao primeiro andar do Belgrado, onde foram recebidos no corredor, um tanto escuro, pelo camareiro Niantchúk, que dormia num canapé estreito, coberto por um sobretudo mixuruca, com gola surrada de pele de carneiro. A altura, o aspecto soturno e concentrado de Sokolóvitch e sua barba minguada, à moda americana, úmida de neblina, fizeram impressionar aquele que ainda não estava nem bem acordado, nem bem dormindo. Ele se levantou e, secamente, perguntou:

— O que querem?

— Como se você não soubesse, sua toupeira... — disse Sokolóvitch por entre os dentes, passando por ele com autoconfiança e colocando na sua mão cinquenta copeques de prata.

Niantchúk por pouco se ressentiu e disse: "É o próprio quem o diz". Porém, sentia na mão o dinheiro e finalmente havia reconhecido Korolkóva, que, ao entrar, pronunciara: "Não me re-

12 Durante a 1ª Guerra Mundial, foi proibida a circulação de moedas cunhadas em metais valiosos. (N.T.)

conheceu? Vou ficar rica!".[13] Assim, apenas fechou o rosto. Insatisfeito, resmungando que o hotel já tinha de lidar, dia sim dia não, com as inconveniências da polícia, ele adiantou-se a Sokolóvitch e, riscando um fósforo, abriu a porta de um quarto que cheirava a algo complicado e doce, abafado e muito aquecido, cuja janela estava obstruída até a metade pelo telhado de um galpão do pátio de fora. Do lado de fora, atrás dos vidros escuros da janela, ouviam-se vozes abafadas e o barulho de uma máquina. Flamejava o fogo rubro de uma tocha enorme, como se fosse o inferno.

— Que é isso? — perguntou Sokolóvitch, de maneira severa e até inquieta, parando.

— Trabalhos noturnos, limpeza das fossas de esgoto — resmungou Niantchúk, sentindo ainda mais a ofensa. Ele acendeu duas velas nos covilhetes vermelhos do aparador e, descendo a cortina sanfonada de chita, inteirou-se do que os hóspedes queriam.

Sokolóvitch mandou trazer um *kvas* e acrescentou, soltando uma risadinha estranha:

— E fruta para a patroinha.

— Fruta não tem, não — respondeu Niantchúk. — Tem uva. Meio rublo a porção.

— Perfeito — disse Sokolóvitch —, mande a uva.

Pelo visto, Korolkóva ficou lisonjeada com tal tratamento. Tentando ser uma patroinha de fato, a quem servem uvas no inverno, medindo o quarto com os olhos, sapateando os pés gelados e assoprando o regalo, ela observou, caprichosa:

---

13 Chiste supersticioso usado quando, numa conversa ou encontro, uma das pessoas não identifica um conhecido de imediato. Nessa situação, costuma-se dizer que a pessoa não identificada "ficará rica". (N.T.)

— Ai, ai, as uvas também vão estar geladas, com certeza!

Num minuto Niantchúk trouxe a uva em uma grande bandeja de ferro e duas garrafas abertas, das quais saía espuma, e Sokolóvitch, logo em seguida, fechou a porta à chave. Niantchúk saía enquanto Korolkóva, em pé ao lado da mesa, beliscava as uvas verdes e duras, polvilhadas de serragem, e assoprava o regalo cada vez mais, ao mesmo tempo que, num outro canto, seu companheiro assustador, com seu colar amarelo e boca recém-barbeada, tirava o casaco num canto e desenrolava o cachecol comprido, de lã lilás e grosseira. E depois o quarto, em cuja janela flamejava a chama funesta e soava abafado aquele oculto trabalho noturno, cobriu-se de mistério.

Às quatro horas a campainha começou a tinir no corredor. Niantchúk acordou, atirou para fora do sofá as pernas de ceroulas presas ao calcanhar, metidas em pantufas de feltro, e foi ao visor da campainha. Nela estava saltada a cifra três. Atrás da porta do quarto três uma voz feminina ordenou dez cigarros Zefir. Ao voltar do bar com os cigarros, o modorrento Niantchúk confundiu para qual quarto deveria entregá-los e bateu no quarto oito, dado a Sokolóvitch. Um baixo profundo e grosseiro perguntou, devagar, atrás da porta:

— O que há?

— A sua "sinhora" pediu cigarros — disse Niantchúk.

— A minha "sinhora" não pediu cigarro e nem, em hipótese alguma, poderia ter pedido — respondeu o baixo, sentencioso.

De imediato Niantchúk lembrou-se para quem deveria entregar o maço e deu-o a um braço roliço de mulher, que se estendeu pela porta entreaberta do terceiro quarto, para assim se deitar de novo em seu lugar e adormecer profundamente, ao som das batidas cadenciadas do relógio, pendurado no final do corredor, na penumbra daquele hotel quieto.

Ele acordou de novo só pelas seis horas: erigia-se sobre ele, em toda a sua altura, o hóspede do oitavo quarto, de casaco e quepe, que o chacoalhava pelo ombro.

— Toma aqui, para você, pelo quarto e pelo serviço — disse ele. — Deixe-me sair. Tenho que ir à fábrica agora, a senhora mandou acordá-la às nove.

— Mas e as uvas? — perguntou Niantchúk, rápido e inquieto.

— Eu fiz a conta de tudo — disse Sokolóvitch. — Ao que me consta são quatro rublos e sete *grívnas*.[14] E eu estou te dando cinco e meio. Entendeu?

E calmamente se dirigiu à escada.

Com os olhos quase fechados pela sede de dormir, arrumando com o ombro o sobretudo que o cobria, Niantchúk de novo se antecipou a ele e sapateou escada abaixo. Paciente, Sokolóvitch o esperava, enquanto ele vencia a chave, que girava apertada no buraco da fechadura. Finalmente a porta se escancarou. Ele passou por Niantchúk, levantou a gola e, como um cantor de ópera, que tem medo de resfriados, cobrindo a garganta com a mão, falou à socapa, denso: "Até a vista" – e tomou a rua, seu ar úmido e fresco. Ainda estava completamente quieto e escuro, mas na escuridão e quietude já se sentia próxima a manhã. Sobre toda a vastidão dos subúrbios, sobre todo o imenso ninhal da capital ainda silenciosa, soava o gemido incompreensível e distante das oficinas e fábricas, que chama de todos os seus albergues miseráveis, de todas as suas baixadas e de todos os seus antros o seu povo incontável e tra-

---

14 *Grívna*, antiga moeda de dez copeques. (N.T.)

balhador. O poste de iluminação, com sua sombra preta em frente ao hotel, iluminava parte do passeio e da rua. A neblina se dispersou, de madrugada caiu uma nevezinha – um monte de achas, que se sobressaía por trás da mureta perto do lampadário, branquejava fúnebre no preto da noite. Sokolóvitch virou à direita e desapareceu ao longe. Niantchúk, tiritando de frio, bateu a porta e correu de volta, escada acima.

Não havia por que deitar de novo. Ele começou a procurar as botinas debaixo do sofá – e, de repente, percebeu que a porta do oitavo quarto estava entreaberta. Atrás dela havia luz. De um salto atirou-se para lá: o quarto estava tão terrivelmente quieto, como não ocorre nem quando uma única pessoa dorme nele; tremelicavam as velas, que arderam até o final nos covilhetes rachados na penumbra, corriam sombras e, do cobertor, para fora da cama, espichavam-se as pernas curtas e nuas de uma mulher deitada de costas. Sua cabeça estava esmagada por dois travesseiros.

A velha

Num banco da cozinha, esta velha, tonta e provinciana, jorrava feito uma fonte, chorava.

A época da nevasca do *Sviátki*, que turbilhonava como tufões sobre os telhados nevosos e as ruas desertas, começou a azular-se, turva, e a inundar-se do lusco-fusco enquanto, em casa, escurecia.

Lá, na sala, as poltronas jaziam solenes ao redor da mesa, embaixo da toalha de veludo; sobre o sofá, um quadro brilhava toscamente – o círculo esverdeado da lua sobre nuvens, a floresta densa da Lituânia, uma *troika*, um trenó, do qual caçadores em raios cor-de-rosa disparavam, ao passo que lobos davam cambalhotas atrás; num canto, uma planta tropical seca e de folhas mortas espalhava-se de uma dorna até o teto e, em outro, qual cratera, fendia-se a tromba de um gramofone, que se reavivava somente à noite, em presença dos convidados, quando dela berrava a voz rouquenha de alguém, num desespero fingido: "Ah, é duro, como é duro, meus senhores, conviver sempre com a mesma mulher!". Na sala de jantar, os panos úmidos, dispostos sobre os peitoris, gotejavam; numa gaiola, envolta por um plástico, um passarinho tropical, que estava doente, dormia: cabecinha encoberta pela pequena asa, ele dormia um sono fininho, fininho, e, em virtude da falta de costume com o nosso *Sviátki*, triste, triste. No cômodo estreito perto da sala de jantar, o inquilino dormia profundamente e aos roncos – um solteirão idoso, professor do *proguimnásia*, que, nas aulas, arrastava as crianças pelos cabelos e, em casa, trabalhava entusiasticamente em uma grande e demorosa obra: "A figura do Prometeu Acorrentado na literatura universal". No quarto, os senhorios dormiam um sono bravo e pesado, depois do terrível bate-boca durante o almoço. E a velha, sentada no banco da cozinha, que escurecia, transbordava-se em lágrimas amargas.

Mais um bate-boca no almoço que começa por causa dela! A dona da casa, que, por sua idade, já há tempos deveria ter vergonha de enciumar-se, estava perdendo a cabeça por causa de ciúme. Finalmente, ela conseguira o que queria – contratar uma velha como cozinheira. O dono, cujos pensamentos se voltavam apenas e tão somente para o sexo feminino, apesar de há tanto tempo já tingir o cabelo, decidiu então acabar com aquela velha. E, de fato, não tinha nem como ela ser mais feia: alta, encurvada, de ombros estreitos, surda e meio cega, inepta de tão tímida, cozinhava, apesar de todos os seus esforços, mal e porcamente. Mal dava um passo e ela já tremia toda, desmilinguia-se tentando agradar... Não tivera um passado feliz: a bem dizer, o marido, claro, era bandido e bebum; depois, logo após a morte dele, ela ficou morando de favor e mendigando nas janelas anos a fio – foram tempos de fome, frio e desabrigo... E o quanto a velha não ficou feliz por, novamente, não ser menos do que ninguém – alimentada, aquecida, calçada, vestida, trabalhando para um funcionário público! E quanto ela não rezava antes de dormir, de joelhos no chão da cozinha, entregando toda sua alma a Deus pela Sua misericórdia, que lhe fora tão inesperada, e como ela pedia para que ele que não a privasse dessa graça! Mas o proprietário a azucrinava: agora, no almoço, ele a esculhambou de tal maneira que suas pernas sumiram de medo e a tigela de *schi* voou para o chão. E o que não aconteceu depois, entre os patrões! Até o professor, que durante todo o almoço ficou pensando no Prometeu, não aguentou. Desviou seus olhos pequenos, de javali, e pronunciou:

— Não briguem, senhores, pelas nossas festas magníficas!

Só agora que a casa se aquietara, sossegara. No quintal, a fumaça da nevasca se azulara, os montes de neve ultrapassavam os telhados, já haviam encoberto os portões... O menino pálido, orelhudo, de *válienki*, órfão e sobrinho da proprietária, por muito tempo ficou fazendo o dever de casa, ajeitadinho nos peitoris úmidos de seu cubículo perto da cozinha. Ele era um jovem aplicado. Tomou a decisão de que saberia, na ponta da língua, aquilo que fora pedido para as férias natalinas. Ele não queria que seus benfeitores se chateassem com ele; para consolo deles e para o bem da pátria, tentava memorizar para o resto da vida que, há dois mil e quinhentos anos, os gregos (um povo, no geral, pacífico e que, em massa, realizava tragédias no teatro e sacrifícios aos deuses, de manhã até à noite, enquanto nas horas vagas interrogavam o oráculo), certa vez, derrotaram por completo as tropas do tzar persa, com a ajuda da deusa Palas Atena; bem que eles poderiam ter ido pelo caminho da civilização e até mesmo além, se não houvessem se tornado nem caprichosos nem perversos, o que ocorreu, aliás, com todos os povos antigos, que se entregaram sem limites à idolatria e ao luxo. Depois de tudo memorizar, fechou o livro e, longamente, ficou raspando as unhas na crosta de gelo do vidro da janela. Então, levantou-se, aproximou-se, imperceptível, da cozinha, olhou atrás da porta e, de novo, percebeu o mesmo: tudo estava quieto e escuro, na parede, o relógio de um rublo batia com precisão e pressa, sem que os ponteiros se movimentassem, indicando sempre um quarto das doze; o porquinho, que passava o inverno na cozinha, estava ao lado do forno, com o focinho enfiado até os olhos numa tina com lavagem; já a velha, sentada, chorava: enxugava-se com a barra da roupa – jorrava como uma fonte!

E também depois disso ela chorou – e depois que acendeu a lâmpada e enquanto rachava cavaco de pinheiro para o samovar, com uma faca cega de cozinha. E chorou também à noite, enquanto servia o samovar na sala de jantar dos donos da casa e enquanto abria a porta aos convidados que chegavam; e enquanto um guarda esfarrapado se arrastava em direção ao lampião distante, que estava se apagando com a nevasca, pela rua escura e nevada – os filhos dele, quatro jovens mujiques, já há muito haviam sido mortos pelos alemães de metralhadora; e enquanto nos campos indevassáveis, nas isbás nauseabundas, as camponesas, os velhos, as crianças e as ovelhas se preparavam para dormir; e enquanto, na capital distante, corria um verdadeiro e espraiado mar de alegria: nos restaurantes caros os clientes dissimulavam, dando a impressão de que eles gostavam muito de beber direto das jarras dos santarrões e pagar por cada uma delas setenta e cinco rublos; nos botequins de subsolo, os chamados cabarés, cheiravam cocaína e, às vezes, para incrementar a popularidade, batiam, com o quer que tivessem nas mãos, uns nos outros, nas suas caras pintadas, jovens que fingiam ser futuristas, ou seja, pessoas do futuro; em uma sala, fingindo-se de poeta, um lacaio cantava os próprios versos sobre elevadores, condessas, automóveis e ananases;[1] em um teatro, trepava para algum lugar em cima, em

1 Alusão a Ígor Severiánin, fundador do egofuturismo, movimento que inicia o futurismo russo. (N.T.)

granitos de papelão, um Fulano com um crânio completamente nu, que exigia com insistência que alguém lhe abrisse um portão; em outro, entrava em cena, montado num velho cavalo branco, que repercutia seus cascos chão afora, um grande mestre em fingir ser um antigo príncipe russo,[2] que, levando a mão à armadura de papel, cantou por quinze minutos inteirinhos, por dois mil rublos, enquanto quinhentos homens com carecas de espelho olhavam fixamente nos binóculos um coro feminino que, com um canto alto, acompanhava esse príncipe em sua excursão, e um mesmo número de damas enfeitadas comia bombons nas frisas; no terceiro, velhos e velhas, que sofriam de obesidade,[3] gritavam uns com os outros, sapateavam de raiva, fingindo ser comerciantes do Zamoskvoriétchie,[4] que morreram nos tempos do Onça; no quarto, moças e jovens magros, que, nus em pelo, se coroaram com cachos de uvas de vidro, saltitavam furiosamente um atrás do outro, fingindo-se de sátiros e ninfas... Numa só palavra, até altas horas, enquanto uns vigiavam e outros se preparavam para dormir ou se divertiam, a velha tonta e provinciana chorava lágrimas amargas ao som de um grito rouquenho, fingidamente desesperado, que chegava até ela, da sala de estar de seus patrões:

> Ah, é duro, como é duro, meus senhores,
> conviver sempre com a mesma mulher!

---

2 Alusão ao cantor de ópera Fiódor Chaliápin. (N.T.)

3 Alusão aos artistas do Teatro Alieksándrovski. (N.T.)

4 Bairro comercial próximo ao Rio Moscou. (N.T.)

CONTOS DE 1917-1933

Fim

I

No morro da cidade, num dia úmido de inverno, houve aquele momento fatal da luta, ora de anarquia, ora de um vazio lúgubre, quando os últimos defensores já recuavam e fugiam os últimos fugitivos, pequeno-burgueses... A cidade esvaziava-se de modo cada vez mais terrível, cada vez mais desesperançoso para aqueles que ficavam nela e que se atormentavam com a indefinição de seus destinos. Pelos subúrbios, em torno da estação de trem e nas ruas completamente desertas em torno dos correios e do banco estatal onde, nas calçadas, jaziam os mortos, estalidos ora ou outra se ouviam, ora uma rajada de tiros de espingarda, ora o disparo apressado e intermitente de uma metralhadora.

À noite começou uma canhonada da barreira norte. O baque abafado, pesado sobre a terra que tremia, distribuía-se com ânimo e, atrás dele, o som esplêndido e agudo da bala, que cortava o ar com força vitoriosa e, finalmente, a explosão estrondosa, que ensurdecia toda a cidade. Depois, de repente, começaram tiros de fuzis repetidos e desordenados, nas descidas para o porto e no próprio porto, aproximando-se cada vez mais do Patras que, sob bandeira francesa, estava junto ao cais, na baía de Karantíni. De algum lugar, chegou o som da corneta de uma ambulância que corria rápido e demandava o caminho de forma inquieta e triste... Até no Patras começou a ficar terrível – aquele horror que se cometia no morro chegava até ele. "Mas por que é que estamos parados?", surgiam as vozes em meio à gente que enchia o vapor. "Mas não é que os franceses perderam a cabeça? Eles não vão nos deixar sair, vão massacrar todos nós!", e todos começaram a falar uma mentira atrás da outra, tentando, por algum motivo, assustar ainda mais a si e aos outros; carvão, dizem, não tem; a tripulação, falam, está se amotinando; os marinheiros querem jogar fora a bandeira vermelha... Enquanto isso, já escurecia.

Mas eis que às cinco horas um automóvel coberto finalmente se atirou de trás do antigo prédio da alfândega e chegou voando até o barco – todos deram um suspiro de alívio: o cônsul chegou, o que significa que, graças a Deus, agora vamos zarpar. O cônsul, com uma pasta debaixo do braço, saltou do automóvel e correu pela prancha; atrás dele passou rapidamente o oficial de polainas amarelas e de casaco curto de pele de lobo, de aspecto propositadamente grosseiro e militar, e imediatamente o guincho começou a soar e começou a baixar a laçada do cabo em direção ao automóvel. Todos, com curiosidade insaciável, apinharam-se na borda, já sem prestar atenção ao tiroteio, que estava em algum lugar ali bem próximo; o automóvel, envolto pela laçada, inclinou-se, apartou-se da terra e, impotente, flutuou para cima, com as rodas penduradas, tortas, parecidas com patas encolhidas... Duas sentinelas, dois soldadinhos azuis de capacetes de ferro, faziam guarda junto à prancha, com carabinas nos ombros. Subitamente, de algum lugar surgiu diante deles um senhor que ofegava violentamente, de sobretudo longo com gola e chapéu de pele de castor.

Segurava tranquilamente nos braços uma menina encantadora, de olhos azuis. O senhor, percebia-se, era vivido. Ele estava extenuado; era tão magro que o seu casaco, respingado de lama e com uma gola como que lambida, parecia que estava pendurado num cabide. Já a menina era gordinha, estava bem vestida, com roupas quentes e com o gorro amarrado sob o queixo. O senhor atirou-se à prancha. Os soldados iam se mover na sua direção, mas ele os ameaçou com o dedo, de forma tão inesperada e feroz, que eles ficaram pasmados, e ele, desajeitado, correu navio adentro.

Eu estava na cabine de comando, em cima do salão de passageiros, e o seguia com fixação incompreensível. Depois, da mesma maneira embotada, comecei a olhar para a cidade e seu morro, que se enevoava, para o cais. Escurecia. A canhonada cessara e, depois dela, também a rajada de espingarda e, nesse silêncio, na penumbra que já descia tranquila, sentia-se que tudo já estava consumado, que a cidade se rendera... Na cidade não havia nem uma única luz. O porto estava vazio – o Patras partia por último. Atrás do porto, o deserto das costas nuas da estepe se perdia na neblina escura de inverno. Logo caía uma neve úmida, e eu, congelado de ponta a ponta há longo tempo na cabine, corri para baixo. Nós já nos movíamos – tudo nadava debaixo de mim, o umbral costeiro se afastava na transversal, o morro da cidade tombava para trás, nas trevas, coberto pela neblina... Depois a água turbilhonou ruidosa debaixo da popa, com uma curva brusca, contornamos o dique e o farol morto, escuro, retomamos o prumo e seguimos a toda marcha... "Adeus, Rússia" – disse comigo animado, correndo alçapão abaixo.

II

Logicamente, já tinham batizado o vapor de Arca de Noé – a espirituosidade humana não é nada rica. E, de fato, quem é que não estava nele? Estavam os maiores trapaceiros, carregados de despojos, que fugiram da cidade tranquilamente, com a plena certeza de que não viveriam mal em nenhum lugar. Havia pessoas corretas, mas apenas por enquanto ainda calmas, que fugiam pela primeira vez e que ainda não estavam inteiramente conscientes da importância do que ocorrera. Havia aqueles que fugiam de forma totalmente inesperada até para si próprios, que apenas se contagiaram com a fuga geral e se arrancaram de onde estavam no derradeiro minuto, sem coisas, sem dinheiro, sem roupas de frio e, até mesmo, sem nenhuma muda de roupa como, por exemplo, umas duas cantorazinhas ali, muito aprumadas para aquele ambiente, que riam daquela viagem inesperada como se fosse uma aventura engraçada. No entanto, predominavam os refugiados de verdade, que fugiam há muito, de cidade em cidade e que, finalmente, alcançaram a última risca russa.

Três quartos das pessoas que se amontoavam no Patras já haviam experimentado uma quantidade inumerável e inverossímil de todo tipo de perdas e desgraças, de perigos mortais, de coincidências terríveis e absurdas, de martírios de todo tipo, de locomoções e de lutas contra todos os impedimentos, o mais extremo peso da imundície, do cansaço corporal e espiritual. Agora, privados, paulatinamente, uns dos outros, gasta a última nesga do bem-estar humano, esquecida qualquer dignidade do homem e carregando consigo, sedentos, a última mala, eles escapavam para esse último traço, defendidos por aqueles que eram felizes, que estavam distantes de todos os seus sofrimentos e, por isso, eram secretamente orgulhosos de suas vidas, chamados franceses. E esses franceses lhes permitiram se abrigar das últimas desgraças naquilo que era débil e apertado, que se chamava Patras e que partiu com toda a sua gentalha ao encontro da noite sombria de inverno, em direção ao vazio e à vastidão do mar lúgubre e hibernal. O que toda essa gentalha devia sentir? Todos aqueles que se amontoavam no Patras podiam ter esperanças de quê, de um enigma absoluto que os esperava em algum lugar de Istambul, de Chipre, dos Bálcãs? Entretanto, cada um deles tinha esperança de algo, vivia de algo, alegrava-se com algo e de forma alguma pensava naquele terrível percurso marítimo a ser feito naquela terrível noite de inverno, e bastaria este único pensamento sóbrio para pânico total e desespero. Por misericórdia divina, é justamente a sobriedade que falta ao homem nos momentos mais fatais de sua vida. Nessas horas o homem, salvadoramente, embrutece.

Em todos os cantos do navio, tudo estava obstruído por coisas, por neve e lama pisadas. Todo canto era um aperto desorganizado e reinava a animação de um acampamento, de pessoas que tinham acabado de se salvar, que de maneira apaixonada haviam tentado se salvar a qualquer custo e finalmente, conseguindo isso, depois de todos os seus martírios e medos, finalmente, confiavam que estavam a salvo, que já estavam fora de perigo e que estavam vivas – fosse qual fosse o porvir! O homem, com bastante gosto, até com alegria, liberta-se de quaisquer grilhões humanos e retorna à simplicidade primitiva e à baderna, a um modo selvagem de existência – para isso, bastam as circunstâncias e as justificativas. E no Patras, todos sentiam que agora isso era permitido, que agora isso era possível – não se envergonhar nem das mãos sujas, nem dos cabelos ensebados debaixo dos chapéus de pele, nem da refeição abrutalhada e fora de hora, nem do fumar desmedido, nem de remexer as quinquilharias diante de estranhos, entranhas, geralmente tão ocultas, da própria vida.

Por todo o canto havia trouxas, malas e gente: tanto na cabine de comando, sobre o salão de passageiros onde, a cada minuto, batia a pesada porta do convés, que guardava o vento úmido com neve, quanto nas escadas do salão; tanto debaixo das escadas quanto no refeitório, onde o ar já estava muito viciado. Era difícil passar por aqueles senhores que não se envergonhavam e eram experientes, precavidos, que já haviam conseguido para si um lugarzinho, se aboletado no chão com suas camas e famílias. Os demais, tropeçando nessas camas, saltando sobre as trouxas e malas, topando uns com os outros, corriam levando a chaleira em busca de água quente, carregavam enormes pães brancos, algures conseguidos – não importa por quanto e, quanto mais caro, mais felizes ficavam! –, uns tripudiavam sobre os outros sua própria agilidade, insistência e até mesmo sem-vergonhice. As mesas estavam abarrotadas de víveres; ao redor deles, sentavam-se apertados, de chapéu de pele e galochas, comiam e bebiam às pressas, ciscavam cascas de ovos, perfuravam com canivete latas que respingavam um óleo cor de ferrugem, serviam-se uns aos outros de salsichão e toucinho, aos risos, narrando que ontem mesmo um homem no bazar escalpelava a todos, cobrando, ora, por um pedaço desses, escorchantes quatro mil *dúmski*...[1] O senhor comprido, que apareceu por último no navio, diversas vezes atravessou

1 Os *dúmskie* eram a moeda temporária adotada na Rússia durante a Guerra Civil. (N.T.)

correndo o refeitório com uma caixa de leite em pó nas mãos – alhures ele acomodara sua menina e cuidava de alimentá-la. Seu aspecto continuava ameaçador e decidido, algo que, agora, percebia-se ainda melhor – ele estava sem sobretudo – como era magro o seu pescoço, como era grande seu chapéu de pele de castor, como eram macios e ensebados seus cabelos.

III

Debaixo da escada estava um aperto especialmente indigno, organizaram-se duas filas impacientes – uma perto da latrina, em cuja porta aqueles que esperavam batiam a cada minuto, e a outra perto dos lacaios, que distribuíam vinho tinto servido do barril direto nas garrafas, canecos ou chaleiras com os quais os refugiados se aglomeravam. O vinho era dado de graça e, por isso, todos queriam tirar proveito, até mesmo aqueles que não bebiam. Eu, antes de muitos outros, abri caminho até os lacaios, recebi um litro inteiro e, ao retornar para o refeitório, arranjei-me num canto da mesa e comecei a beber e a fumar devagar.

Acabaram de correr rumores de que, bem antes mesmo de nossa partida do porto, fora recebido no Patras o terrível radiograma: dois navios, também abarrotados com a mesma gente que nós e que haviam partido um dia antes de nós, naufragaram por causa de uma tempestade de neve – um já bem ali, no Bósforo, o outro, perto da costa búlgara. E uma nova ameaça pairou sobre nós, uma nova indeterminação – chegaríamos até Constantinopla e, se chegássemos, então quando? Eu não queria nem beber nem fumar; o cigarro era péssimo, o vinho, frio, lilás. Mas ali estava eu sentado, bebendo e fumando. Já se iniciara aquela espera tensa, que vive no mar em travessias perigosas. O Patras era velho, estava sobrecarregado, a tempestade arrojava-se a cada minuto, cada vez mais severa... A maioria se confortava com o fato de que seguíamos rápido, com segurança. Mas eu, pela minha experiência marítima, sabia bem que aquela rapidez era apenas aparente. Não éramos nós que acelerávamos a marcha, era a ondulação que aumentava.

A água já reverberava ruidosa ao longo de nossas paredes finas, quebrando nas laterais, com cada vez mais e maior fúria, batendo cada vez mais pesada contra as paredes e salpicando delas, com marulho e chiado. Atrás das paredes estava o breu impenetrável com montanhas e, sem sentido, sem senso, o mar glacial ondulava como montes, sombrio e gélido. Nos vidros negros, os respingos voavam em bátegas, a neve úmida e branca grudava, o vento soprava e assoviava com força, enquanto se sentia sua respiração fria hora ou outra no ar esfumaçado, quente e fétido do refeitório de teto baixo, o qual, não obstante, alegrava pela sua luz e calor, pelo aconchego que tão primitivamente anseia o coração humano, ainda recordador dos medos da vida remota, dos tempos das cavernas, das palafitas. E eu também, sem pensar, estava contente com aquela luz e aquele calor, sentado com minha garrafa; ouvia o burburinho, o clamor dos meus companheiros, esperava algo e pensava em qualquer coisa – mais precisamente, eu continuava tentando refletir sobre algo e compreender como proceder. Já subia e descia como elástico, a água subia nas laterais; tabiques, sofás e poltronas, nos quais nos sentávamos, puseram-se a ranger. O Patras como que seguia muito velozmente por entre montanhas de água rumorosas e barulhentas, que oscilavam, abriam caminho e, de novo, recuavam; todo ele ia tremendo, enquanto algo dentro da embarcação funcionava de forma cada vez mais apressada, intermitente, com intervalos, e que fazia "tratatatata". De repente, o vento avançou o navio e começou a assoviar, insano; a onda golpeou tão pesada e, iluminada pela nossa luz, de forma tão terrível nos sondou, com sua malacacheta turva, com sua enorme massa no vidro, que muitos soltaram gritos e caíram uns sobre os outros, pensando que nós já estávamos morrendo... Depois voltou de novo a ordem, de novo, começou este "tratatatata" com tremor e intervalos – e de repente golpeou mais uma vez e, de novo, começou a assoviar selvagem e mergulhou profundamente, descia-nos até o abismo da água que se abria... "Começou!" – pensei eu, com alegria absurda.

Logo a mesa se esvaziou. A maioria gemia, afligia-se – com esforço, com gritos de dor, expelindo de si toda a alma, esparramando-se no sofá, no chão, ou de maneira apressada, entre quedas e tropeços, saindo correndo do refeitório. Ora aqui, ora acolá, alguém jorrava de forma asquerosa, enquanto os que saíam batiam à porta e o frio úmido começou a se misturar com o fedor ácido de vômito. Já não era mais possível nem andar, nem ficar em pé, era necessário sair às pressas, sentar e pressionar as costas contra a poltrona, a parede, e os pés na mesa, nas malas. Igualmente, parecia que o navio, que se agitava para a esquerda e para a direita, para cima e para baixo, ia com uma pressa ensandecida; dentro dele já estrondava freneticamente e os intervalos, os descansos desse estrondo pareciam instantes de felicidade... E em cima era um verdadeiro inferno. Eu terminei de beber o vinho, de fumar o cigarro e, caindo por todos os lados, a todo custo andei para a cabine de comando. Eu venci a escada e experimentei vencer porta afora, olhar – um vento gélido tolhia-me o fôlego, cortava-me os olhos, cegava-me com a neve, com fúria animal, tombava-me... Os mastros e as redes cobertos de gelo, embranquecidos, rugiam, assoviavam, com melancolia e audácia encarniçadas; os montes gelatinosos de ondas rolavam através do convés e de novo, de novo cresciam bordo acima e iluminavam-se temerosamente, ensaboados, na escuridão da noite e do mar... Totalmente tomado pelo frio e pela umidade penetrante, eu quase não consegui voltar até o refeitório e, depois, até minha cabine, que me fora colocada à disposição por alguns motivos. Lá estava escuro e tudo rangia, rilhava, como se fosse algo vivo, que lutava. O odiento chão do navio, de revés, traiçoeiro, inconstante, fugia debaixo dos pés. E quando ele fugia com grande profundidade, a enorme massa de água batia na parede com peso particular, sempre tentando, num só golpe, destroçar e inundar o Patras. Mas, com esse golpe, o Patras apenas afundava de comprido e, novamente, elastecia-se para fora, onde se arrojava contra ele um novo inimigo – o furacão de neve que se lançava, traspassando as paredes úmidas, com sua respiração de gelo, que assoviava...

IV

Sem me trocar – não havia nem como nem onde tirar as roupas de inverno, pois, de um momento para outro, podia-se estilhaçar contra a parede, no lavatório; além do que, estava um frio de rachar – achei às palpadelas a tarimba de baixo e, aproveitando o momento apropriado, derrubei-me nela, com destreza. Tudo rodava, balançava, entorpecia. Grunhia na vigia hermética, escorria e efervescia ruidosamente, como se fosse num ventre monstruoso. E, embriagando-me aos poucos, entregando-me sem resistência, hesitante, ao poder absoluto de tudo aquilo, eu comecei ora a cochilar, ora a acordar de repente com os agitos particularmente ferozes e a agarrar-me à tarimba, para não cair dela. O cano do lavatório soava, soava – e de repente começava a gorgolejar, a rugir e a engasgar... Ah! Quem me dera eu ficar de pé e tapar com algo aquela garganta excomungada! Mas não havia disposição nem para me soerguer; por mais que eu me preparasse, mal podia me decidir a fazê-lo. E as horas corriam e começava a parecer que este martírio do balanço já nunca mais acabaria, nem esta noite, nem esta escuridão, o uivo, o barulho, o marulho, o chiado e todos os novos e novos golpes que hora ou outra voavam de encontro, vindos de algum lugar em meio à terrível infinidade de água daquelas ondas...

Na sonolência, no torpor eu pensava em algo, recordava-me de algo... Veio-me à mente e começou a se repetir, a embalar:

Trovão e barulho, o navio está balançando,
O Mar Negro ressoa...

– E como era o resto? – eu me perguntei na modorra. – Ah, sim!

Estou sonhando – sou fresco e jovem...
O frio luxuoso da Aurora
Permeia o jardim...[2]

2 Citação inexata do poema "O balanço rumo à tempestade", de Iákov Polonski (1819-1898). (N.T.)

Como tudo isso está longe e é desnecessário agora! Além de tudo isso, a tristeza, a pena de mim e de mais alguma coisa e de todo o resto – para o diabo com isso! E de novo, os versos se repetem e novamente se confundem, mais uma vez fico com sono, entorpeço, e de novo tudo vai para algum lugar lá em cima, range, luta – e tudo isso só para, mais uma vez, inesperadamente, resolver-se com a queda. E depois disso, uma nova subida elástica, com um novo chiado que efervesce, com a água que escorre, com o frio cheiroso do vento que uiva e com o rugido borbulhante do lavatório que engasga... De repente eu acordei por completo, de repente, iluminou-se: mas é claro, então é isso! – eu estou no Mar Negro, eu estou no vapor de outrem, eu por algum motivo qualquer estou indo para Constantinopla – para a Rússia é o fim, sim, e também para tudo, para o resto de toda a minha vida anterior também é o fim, até mesmo se ocorrer um milagre e nós não morrermos neste sorvedouro bravio e gélido! Mas como é que eu não estava entendendo, como não entendi isso antes?

O bem-aventurado

Há duzentos anos, num dia de inverno, um bem-aventurado que se hospedava num antigo mosteiro se sentiu especialmente fraco e comovido. À noite, no seu aposento, diante de inúmeros e magníficos ícones, as lamparinas ardiam, enquanto o calor da estufa de ladrilho e os pelegos que forravam o chão ofereciam um aconchego adocicado. E o bem-aventurado, sentando-se e aquecendo-se na tarimba, tocou levemente o sininho. Imperceptível, o criado entrou e curvou-se, silencioso.

— Irmão querido, chame cá os coristas — disse o bem-aventurado. — Que Deus perdoe a mim, indigno que sou, por perturbá-los fora de hora.

E logo, o aposento do bem-aventurado ficou repleto de frades, que adentravam só de meias de lã, pois tiravam os sapatos.

E o bem-aventurado disse, em resposta às suas reverências terrenas:

— Queridos irmãos, eu gostaria de ouvir meus cânticos de mocidade em glória ao nascimento do Nosso Senhor Jesus Cristo Imaculado, Esplendor Nosso Intraduzível.

E, à meia-voz, eles começaram a cantar os cânticos que o bem-aventurado compusera nos tempos de sua primeira mocidade.

E ele ouvia e de quando em quando chorava, cobrindo os olhos com a mão.

Ao ganharem permissão, começaram a sair, um a um, cada qual com sua reverência, até que o bem-aventurado deteve um deles, o predileto, e teve com ele uma longa e morosa conversa.

Contou-lhe toda sua vida.

Falou de sua infância, adolescência, dos esforços e sonhos de sua mocidade, dos seus primeiros êxtases em oração, dulcíssimos. Ao despedir-se dele, perto da meia-noite, beijou-o com olhar febril e radiante e curvou-se-lhe aos pés.

Essa foi a última noite terrena do bem-aventurado: ao alvorecer, encontraram-no já repousando eternamente – com um forcado em mãos, ele estava de joelhos diante do oratório, com o semblante delicado e pálido pendido para trás, já arrefecido e emudecido.

E assim está ele, retratado em um antigo ícone. E este ícone era o mais amado de um outro bem-aventurado, quase contemporâneo nosso – um mujique simplório de Tambóv.[1] E orando diante dele, assim se dirigia ao grande e glorioso bem-aventurado:

— Mitiúchka...[2] querido!

Somente o Senhor conhece as dimensões da intraduzível beleza da alma russa.

1 Capital da Região de Tambóv, a 480 km de Moscou. (N.T.)

2 Diminutivo carinhoso e íntimo de Dimitri. (N.T.)

O vizinho

Um dos passeios noturnos...

O pôr do sol claro de abril, a vicinal cinza, ainda lamacenta, a nudez primaveril do campo e, adiante, a mata esverdeada, ainda nua. Sigo rumo a ela, tranquilo e relaxado, sentado na sela.

Da encruzilhada corto direto para a floresta, ao longo da divisa larga, indo em meio ao restolhal. Ela está toda verde, mas ainda suave, bem à primavera – sente-se como o casco se embrenha nela. E, ao redor da mata, logo no começo, ainda persiste uma ilhota comprida de neve petrificada e suja. As campânulas azul-claras – as florezinhas mais graciosas, mais encantadoras do mundo – brotam por debaixo das folhas marrons, apodrecidas e úmidas, embora secas por cima, que densamente recobriam o começo da mata. Quando eu adentro a floresta, as folhas farfalham, barulhentas, debaixo dos cascos e não há nada mais alegre do que essa lembrança do outono que passa, combinada com o sentimento da primavera.

E o caminho da mata também farfalha – ele está completamente debaixo das folhas – e, de longe, pode-se ouvir este farfalhar pela mata, ainda rala e aberta mas, nem assim, hibernal. Ela silencia, porém esse silêncio não é antigo, mas vivo, esperançoso. O sol desapareceu, porém a noite está clara, longa. E Tamara, não menos do que eu, sente toda esta beleza primaveril – ela segue de um modo especialmente leve, com o pescoço levantado e olhar para a frente, na direção daquele matagal cinzento e espaçoso, que se avistava ao longe, dos troncos que vinham ao nosso encontro, que se olhavam uns através dos outros. De repente, qual estaca, uma coruja peluda atirou-se de um velho choupo, arremessou-se em um nado e, num ímpeto, pousou num toco de bétula – ao acordar, deu um tranco com a cabecinha orelhuda e, já com o olho vidente, espiou ao redor: "Olá, mata!", diz ela. "Olá, noite! E até eu agora não sou a mesma de antes, estou pronta para a primavera e para o amor!". E como que se irmanando com ela, por toda a mata espalharam-se o tilintar e o estalar solenes do rouxinol, em algum lugar não distante dali. Embaixo das bétulas antigas, que, no céu noturno, acinzentado, mas leve e profundo, transpareciam sua nudez rendada, já se salientavam os caules rígidos e pontiagudos dos lírios, num verde escuro e brilhante.

Chegando ao pé de um barranco, olho ao longo dele, coberto pela mata densa de choupos, sem folhas, à semelhança de blocos de ardósia – lá, atrás da mata, o pôr do sol sereno se derramava suave e parcamente. No sopé dessa escarpa, em meio ao matagal escuro, em meio às mudas de aveleiras, cai, de queda em queda, sussurra e gorgoleja com frio o degelo, que ainda não cessou. Aqui é o maior reduto de galinholas! Depois, sempre da mesma forma barulhenta, quebrando o silêncio primaveril da mata com o rumor dos cascos nas folhas, sigo meu caminho morro acima pela trilha profunda e argilosa, banhada pelo gelo da água que derrete. E eu ando por clareiras amplas, onde se erigem, resplandecem, no espaço guardado entre uns e outros, carvalhos frondosos e seculares.

Chego a um dique vastíssimo que separa dois magníficos açudes, que refletiam, silenciosamente, em seus espelhos, esses carvalhos e o céu do começo da noite. E, atrás dos açudes, começam as enormes ruínas de Dubrovka – os restos abandonados do pomar, as instalações destruídas no incêndio, das quais, em alguns pontos, apenas os montes de tijolos, cobertos de mato, passaram incólumes – e a aleia de tocos de álamos centenários, que leva a um pátio amplo. Antes, cada um que ia por essa aleia era encontrado, de longe, pelo latido terrível do conhecido pastor de Dubrovka, ruidoso por toda a redondeza. Agora, sigo num silêncio fúnebre. À direita ou à esquerda, há macieiras e macieiras, velhas, frondosas, robustas. Vênus, no oeste claro, está tão magnífico que, por causa dele, tudo se prateia na terra, embaixo das macieiras. E adiante, no pátio vazio, branqueja uma casinha pequenina, coberta por um telhado tabuado: esse é o antigo escritório dos senhores, no qual, atualmente, vive o herdeiro de Dubrovka.

O pátio defronte ao escritório dá para o campo, confundindo-se com a planície, atrás da qual se avermelha, viva e transparente, a lua cheia no horizonte. E o proprietário, em pé, junto à porta, fuma e olha para ela de soslaio. Depois de tirar o quepe, eu quero desviar direto para o campo, pelo pátio; entretanto, ao ver-me, ele levanta a mão:

— *Halte!*[1] Multa por atravessar propriedade alheia: um copo de chá!

Não há o que fazer – forjando um sorriso, refreio Tamara, recuso o chá, mas, mesmo assim, desço da sela. Tamara caminha até o pátio, em busca do cocho de água, e pomo-nos ao encontro um do outro.

---

1 "Pare!", em alemão. (N.T.)

— *Bonsoir, mon cher voisin, comment allez-vous?*[2] — diz o proprietário. — *Une petite promenade?*[3] Pois não é que eu também? Fico aqui, parado, encantando-me com as belezas da natureza, como Mário nas ruínas de Cartago...

Com uns trinta anos, ele é magro, seu rosto é escuro e há tempos não se barbeia. Tem olhos estanques de ágata e a cabeça negra e tosada sob um quepe militar, sem a insígnia. De *válienki* velhas e culotes, seu longo casaco cinza esconde uma *kossovorótka* suja. Ele aperta minha mão com força e me conduz até a casa, falando que, de qualquer maneira, o samovar já estava pronto mesmo e que, então, ele ordenaria que alimentassem Tamara.

— E o senhor dê, pelo menos, uma fumadinha — disse ele. — Já eu, para falar a verdade, estou morrendo de tédio... *Je ne sais pas comment je ne suis pas mort encore*,[4] no meio desse idílio bucólico...

O alpendre coberto por telhas e escuro separa o antigo escritório da cozinha. Pela porta aberta, observa-se que ela está repleta de fumaça. De chinelos masculinos cambados, a *bárichnia*,[5] garota de uns quinze anos, enfia uma pequena chaminé no samovar, do qual se desprende aquela fumaça incomum, como se fossem nuvens espessas. Duas tranças louras e mixas escorrem pelas suas costas, cobertas por um penhoar de chita.

— *Vite, vite, Berthe!*[6] — grita o proprietário, que me conduz para dentro do cômodo. Ele continua a falar, sem parar:

---

2 "Boa noite, querido vizinho, como tem passado?", em francês. (N.T.)
3 "Um pequeno passeio?", em francês. (N.T.)
4 "Não sei como ainda não morri", em francês. (N.T.)
5 A filha solteira do senhor de terras. (N.T.)
6 "Anda, anda, Berta!", em francês. (N.T.)

— *C'est la fille de ma femme...*[7] Quer dizer, da minha antiga esposa, claro... Há mil anos que o senhor não passa por aqui, mas, com certeza, já ouviu falar de toda essa história de vizinhos que estão à toa... Minha cara-metade me deixou essa mocinha de herança... *Dame!*[8] Eu não tenho é queixa nenhuma – isso serve como uma magnífica compensação, já que um sábio deus alemão sugeriu a ela que, por fim, me deixasse. Porque, o senhor sabe, matrimônio mais ridículo do que o meu, nem o próprio Mefistófeles conseguiria imaginar... E sabe-se lá por que diabos isso foi acontecer? E que diabos de lugar era aquele? Um fim de mundo que tem o nome de Revel...[9] *Vrais, je ne sais pás comment cela m'est arrivé...*[10] Eu fui parar num circo, vi uma amazona ruiva e – observe que há muito tempo ela já não estava mais na sua mocidade – pronto, dali a uma semana lá estava eu, casado. Uma burrice de se admirar, *nec plus ultra!*[11]

A casa tem, ao todo, dois cômodos – o *salon* e a *chambre à coucher*,[12] como o proprietário fala, ironicamente, enquanto me conduz, pedindo desculpas pela "desordem lírica". O *salon* é dividido por um tapume de madeira, atrás do qual fica a *bárichnia*. No quarto, há uma ampla cama de pau-brasil, grande demais para aquele cômodo, coberta com uma mantinha ordinária de retalhos coloridos. Nele, estava largada uma balalaica. No "*salon*" havia um sofá de cem *puds*,[13] no qual tu-

7 "É a filha da minha mulher...", em francês. (N.T.)
8 "Dama!", em francês. (N.T.)
9 Antigo nome de Tálin, capital da Estônia. (N.T.)
10 "Na verdade, eu não sei como isso aconteceu comigo...", em francês. (N.T.)
11 "Um absurdo!", em latim. (N.T.)
12 "Quarto de dormir", em francês. (N.T.)
13 Antiga medida russa, cuja unidade equivalia a 16,5 kg, aproximadamente. (N.T.)

fos de fibras saltavam e as molas protuberavam, igual a corcovas. Entre duas janelas havia um espelho oval e, embaixo do espelho, uma escrivaninha pesada – sobre seu feltro verde, jaziam um copo com um resto de leite e migalhas cinzentas de algum biscoito, *makhórka* num saquinho rasgado, e uma ferradura enferrujada. Os cômodos estavam imersos na penumbra – suas janelas davam para o leste, para o campo. Saímos, nos sentamos – o anfitrião, na poltrona junto à mesa, e eu, no sofá – e passamos a enrolar cigarros. Não há necessidade de puxar conversa – o patrão não para, nem por um minuto, sua fala curta e grossa:

— Não gostaria de fazer um com meu antracito? Não, por outro lado, eu não quero forçá-lo, pois, de fato, isso é algo, como o senhor sabe, para apreciadores. *C'est affreux,*[14] mas fazer o que, né? E eu, como vê, estou só em toda a propriedade. "Ele dissolveu o gabinete". Ficou um empregado – uma toupeira que só! Ele se achava meu amigo do peito e, até hoje, eu fico ouvindo quando ele bebe até cair. E não é que agora mesmo ele está dormindo que nem uma pedra? Adivinha onde? Bem atrás desse tapume! E eu aguento – estamos em tempos democráticos! Só que, de qualquer jeito, vou ter que mandá-lo embora. E, no geral – ah! Para mim já chega desses posseiros queridinhos! Na verdade, eles só são bons nas operetas. Pois eu cresci com eles, eu mesmo, pode-se dizer, sou metade bronco, porque tenho sangue misto – pois, como o senhor se digna a saber, *ma pauvre mère*[15] era apenas e tão somente uma criada fugida – mas, permita-me perguntar, o que eu tenho em comum com eles? O trabalho na propriedade? Mas que inferno

14 "É horrível", em francês. (N.T.)
15 "Minha pobre mãe", em francês. (N.T.)

de trabalho é este nesta situação bamba feito bambu? Além do que, isso é, para mim, particularmente, um monte de hieróglifos! E o senhor me diria: por que é que eu, neste caso, fico nesta Ilha Maldita, por que eu não continuo a servir? Mas servir como, sem meios? Ser pária no regimento? – Claro – mas, por favor, desculpe-me! Seu cavalo! Não é que nos esquecemos dele por completo? Preciso ordenar que lhe deem forragem!

Eu sei que forragem não há – há apenas palha apodrecida que, de qualquer maneira, Tamara não vai comer – e eu já tenho muita vontade de ir embora. Agradeço ao proprietário pela hospitalidade e peço desculpas; falo que, infelizmente, eu devo me despedir, que de nada adianta se preocupar e que eu havia dado minha palavra, estaria em casa para o jantar. Mas ele não ouve, pede-me que fume mais um cigarro e, já esquecido da forragem, retoma a conversa. E eu, de novo, fumo e ouço e, de repente, mais uma vez, ele se lembra de Tamara, com inquietação:

— Pois não, como queira, mas pelo menos um resto de palha temos que dar para ela! Mítka![16] Está aí? — grita ele, voltando-se para o tapume.

De trás do tapume, ouve-se uma voz sonolenta, morosa:

— A-aqui... Eu tô... tô deitado.

— Levante! Vá cuidar do cavalo: chegou visita.

— Eu tô... bê-bêbado...

— E eu estou falando com você: levante!

— An-antes... mê dá um... uma... aguinha...

— Um verdadeiro fóssil, não? — fala o proprietário, com um risinho solene, e grita para a porta aberta:

---

16 Mítka, assim como Mítia, são diminutivos de Mikhail, o primeiro, um tanto depreciativo. (N.T.)

— *Berthe*, dê um copo de vodca para o Mítka. E o senhor, *mon cher voisin*, peço encarecidamente que admire este animal!

E ele se levanta e escancara a porta dupla do tabique. Eu dou uma espiadela: atrás do tabique, está mais claro; lá, a janelinha dá para o oeste e, assim, consigo visualizar um brutamonte, de bruços, numa cama de ferro. Ele tem cabelos brancos, um traseiro grande e fofo e uma camisa rosa amarrotada.

— Admire! Veja só! — diz o proprietário. — E, por acaso, será que ainda é necessário mais igualdade?

Enquanto isso, a *bárichnia*, com a cabeça baixa e sem olhar para mim, cruza rapidamente o *salon*, em direção a uma pequena estante, evidentemente, atrás de vodca. Então eu falo ao proprietário, já bastante resoluto:

— Não, meu caro, deixe-o em paz. De qualquer maneira, eu tenho que ir agora. Desculpe-me, por favor, voltarei, se me permitir, em outra ocasião.

E ele, finalmente, rende-se:

— *Allons bon!*[17] Não quero brincar de Sopa de Demián![18] Mas vamos, pelo menos, dar uma passadinha no pomar. Repito, é o tédio dessas noites sem fim, um inferno que o senhor não acredita!

E saímos, contornamos a casa e tomamos uma trilha ampla por entre as macieiras, à luz suave do pôr do sol esverdeado e da chama rósea e baixa que Vênus representava. O proprietário olha minhas têmporas e solta uma risota:

---

17 "Está bem!", em francês. (N.T.)

18 Literalmente, *Ukhá* (sopa de peixe) de Demián. Trata-se de uma referência à fábula poética escrita por Iván Krilóv, do início do século XIX, que retrata como um vizinho insistente detém o outro em sua casa, oferecendo-lhe comida a todo instante. (N.T.)

— Ora, ora, nós dois estamos competindo por cabelos brancos! E isso está longe de ser uma tragédia, não é mesmo? Afinal, não são os castores grisalhos que são os mais valiosos? Deixe, isso é preocupação de mulher... Além do que, por aqui, há poucas Helenas de Troia. Só o que temos é uma professorinha rural e "idealista", de saltos cambados e as mãos úmidas de timidez... No geral, eu não consigo suportar moças provincianas! E as frases que elas soltam? Sempre aqueles chavões: "Então, o que o senhor acha de nossa cidade? Já conheceu os nossos atrativos?". Aliás, aqui, há uma que faz o meu tipo – e imagina quem? – a filha do delegado![19] Uns pezinhos pequenininhos, e precisa ver que encanto de panturrilhas, fortes, e os olhos, de tal *cacher.*[20] *Je lui plais, j'en suis certain... je parie qu'elle tomberait volontiers dans mes bras,*[21] se, é lógico, eu a assediar do jeito certo. *C'est une affaire de huit jours...*[22] Eu a mostrarei ao senhor se, de repente, não me finar em Petersburgo, entregando minha alma para o Diabo. É que, aqui, eu tenho uns repentes de verdadeiro pavor da morte, pois, o senhor sabe, eu tenho afecção cardíaca, neurastenia aguda e umas outras coisas mais... Já em Petersburgo, se você estrebucha e empacota assim, de supetão, é tudo mais fácil. No meu testamento eu pedi para me enterrarem, necessariamente, na Estação Báltica.[23] Se o senhor soubesse quantas recordações eu não tenho desta estação!

---

19 No original, *stanovói*, delegado da polícia rural na Rússia tzarista. (N.T.)

20 No original, transliterado em russo, do francês, *cacher*, esconder. (N.T.)

21 "Ela gostou de mim, disso eu tenho certeza... Aposto que ela cairia de bom grado nos meus braços", em francês. (N.T.)

22 "É algo de uma semana...", em francês. (N.T.)

23 Estação de trem em São Petersburgo para destinos internacionais. (N.T.)

Escurece. Vênus transluz no horizonte, atrás da planície escura que já possuiu uma chama púrpura. Suavemente, as sombras se desenham sob as macieiras – a lua cheia já brilha, atrás da casa – e já se sente o aroma, totalmente fresco, da terra primaveril. Ao longe, uma poupa geme – um lamento triste, delicado e sonoro – agradam-lhe o frescor e o silêncio da noite de abril, nesse velho pomar, defronte ao campo! E o proprietário continua falando, falando:

— Agora, a única alegria da minha vida é um – ainda não terminado – romance, que começou há um ano, em Tzárskoe Seló. Ah, se o senhor soubesse que mulher é aquela! Ela é casada com nosso comandante de regimento... Velhote gentil, um encanto de pessoa! Não faz tempo, foi transferido para o Regimento Lituano, em Nárva...[24] Ela vive falando: "*Ah! Si mon mari mourait! Que j'aimerais passer avec toi toute une nuit, m'endormir dans tes bras et me reveiller le lendemain sous tes baisers!*".[25] Eu já havia conhecido seu pai, que é Conselheiro de Estado Efetivo,[26] só que antipático, uma pessoa seca! Nós trocamos correspondência. Basta um telegrama e em um instante ela já está aqui. Mas o senhor mesmo entende... poderia eu chamá-la para cá, para esta cabana do pai Tomás?[27]

Nós voltamos ao pátio e, lentamente, caminhamos rumo a Tamara. Já é noite enluarada: a lua cheia já está alta sobre o

---

24 Cidade na fronteira entre a Estônia e a Rússia, então, parte do Império Russo. (N.T.)

25 "Ah! Se meu marido morresse! Como eu gostaria de passar com você uma noite, adormecer em seus braços e ser acordada de manhã com seus beijos!", em francês. (N.T.)

26 Quarta patente civil mais importante na Rússia tzarista. Ver Glossário. (N.T.)

27 Referência ao romance da escritora americana Harriet Elizabeth Beecher Stowe, *A cabana do pai Tomás*, de 1852. (N.T.)

campo, e ela, à sua luz, é uma silhueta negra na distância, ao passo que a almofada de sua sela se ressalta, brilhante.

— E quanto desgosto ela já não me causou, nossa, um horror! — fala o proprietário, em êxtase. — Mas, em compensação, quantos momentos felizes nós não tivemos! Ela se entregou de um modo insensato, audacioso. Certa vez, veja só, na festa de gala que eles ofereciam, eu cheguei antes de todos e, como se não bastasse, o marido estava ausente e ela estava lá, sozinha, naquela sala de visitas vazia, e... *Elle ne songeait même pas qu'elle était en toilette qui risquait de froisser...*[28] E logo disse: "*Je t'aime! Fais de moi ce que tu veux! Je me moque de tout!*".[29] Que diabos é isso? É uma paixão absolutamente avassaladora! E, depois disso, ela começou a fazer cena: "*Tu ne m'estimes plus, je me suis donnée à toi trop spontanément!*"[30] – e tinha um ciúme furioso, me pegava pela mão e: "*Tu est à moi, n'est-ce pas, n'est-ce pas?*".[31]

Ao aproximar-nos, Tamara virou a cabeça, relinchou leve e alegremente – sentia muitas saudades. Eu apertei as mãos do proprietário, subi à sela e, voltando-me, acenei-lhe com o quepe. De ímpeto, ele balançou, com pressa, a mão erguida. E Tamara, de imediato, encetou um trote rasgado, bem no rumo da lua, em direção ao campo claro, estilhaçando os cascos com nitidez em meio ao ar limpo e fresco...

---

28 "Ela nem pensou no fato de que ela estava de vestido de baile, que podia se amassar...", em francês. (N.T.)

29 "Eu amo você! Faça comigo o que quiser! Eu faço troça de tudo!", em francês. (N.T.)

30 "Você não gosta mais de mim, eu me entreguei cedo demais", em francês. (N.T.)

31 "Você é meu, não é, não é?", em francês. (N.T.)

Lápti

Era o quinto dia de nevasca indevassável. Na pequenina propriedade fria e branca pela neve, pairava uma penumbra pálida e uma terrível desgraça: uma criança seriamente doente. E em brasa, em delírio, o garoto chorava com frequência e não parava de pedir que lhe dessem umas tais *lápti* vermelhas. E a mãe, que não saía do lado da cama dele, também chorava lágrimas amargas – por medo e impotência. O que fazer, como ajudá-lo? O marido não está, os cavalos são ruins e, até o hospital, até o médico, são trinta verstas; além do que, nenhum médico viria até esse fim de mundo...

Eis que alguém bate à porta do vestíbulo – é Nefiód trazendo palha para o aquecimento: jogou-a no chão, resfolegando, limpando-se, respirando ainda o frio e o frescor da nevasca. Entreabriu a porta e espiou:

— E então, senhora, como está indo? Não melhorou?

— Longe disso, Nefióduchka![1] Provavelmente, nem sobreviver ele vai! Fica pedindo umas *lápti* vermelhas...

— *Lápti*? E que *lápti*?

— Só Deus é quem sabe. Fica delirando, está em brasa.

Ele sacudiu o chapéu de pele e ensimesmou-se. O chapéu, a barba, o casaco de pele velho, as *válienki* gastas – tudo

1 Diminutivo carinhoso de Nefiód. (N.T.)

cheio de neve, sempre coberto de gelo. E, de repente, disse com firmeza:

— Então, tem que arranjar isso. Então é o coração dele que está pedindo. Tem que arranjar.

— Arranjar como?

— Indo até Novossiólski. Na venda. Aí é só pintar com fucsina e pronto.

— Santo Deus, até Novossiólski são seis verstas! Como ir até lá neste inferno?!

E ele pensou um pouco mais.

— Não, eu vou a pé. Não é nada, eu vou. De trenó não dá, não, mas andando dá para chegar. O vento vai me empurrando pelo traseiro...

Fechou a porta e partiu. E na cozinha, sem dizer palavra, enfiou-se num *zipún*, amarrou-o muito bem, com uma faixa velha, pegou um chicote e saiu: encetando a marcha, afogando-se nos montes de neve através do pátio, conseguiu chegar ao portão, para afundar-se no mar branco da estepe, que se movia feroz, desarvorado.

Almoçaram, caiu a tarde, escureceu – nada de Nefiód. Chegaram à conclusão de que, então, se Deus o acompanhara, ele ficara para pernoitar.

O comum é não voltar num tempo deste. O jeito é esperar até amanhã e para bem depois do almoço. Mas porque, de qualquer jeito, ele já não estava mesmo, a noite foi ainda mais assustadora. A casa inteira assoviava e só um pensamento já a aterrorizava – o que está acontecendo lá, agora, no campo, no abismo daquele furacão de neve e de escuridão? A vela de sebo ardia, tremelicante e sombria. A mãe a colocara no chão, no vão da cama. A criança estava deitada na sombra, porém, a parede parecia-lhe de fogo e toda ela corria com imagens fantasmagóricas, indizivelmente magníficas e ameaçadoras. Às vezes, ele como que voltava a si, para logo de imediato começar a chorar amargamente, queixando-se, implorando (e, isso, como se ele gozasse de plenos sentidos) que lhe dessem as tais das *lápti* vermelhas:

— Mãezinha, me dê! Mãezinha querida, o que te custa?!

E a mãe atirava-se de joelhos e batia no próprio peito:

— Senhor, ajude! Senhor, proteja!

E quando finalmente amanheceu, ouviu-se perto das janelas, em meio a sons abafados e ao estrondo da nevasca, algo já bem mais nítido, em nada parecido com aquilo que parecia ser por toda a noite: alguém se aproximava, vozes surdas de algumas pessoas ressoavam e, depois disso, uma batida lúgubre e apressada na janela.

Eram os mujiques de Novossiólski, que traziam um corpo – branco, congelado, todo estufado de neve, deitado de costas no trenó de carga – era Nefiód.

Estavam vindo da cidade, eles mesmos erraram a noite inteirinha, no nascer do sol caíram numas terras estranhas, afundaram junto com o cavalo naquela neve terrível e quase que haviam perdido completamente as esperanças, certos de que iriam morrer, quando, de repente, viram os pés de alguém, de *válienki*, espichados para fora da neve. Apressaram-se em tirar a neve, levantar o corpo e, quando viram – era alguém conhecido...

Foi só assim que se salvaram – aí perceberam que, então, aquelas terras eram as da pequena propriedade, de Protássov, e que, logo ali, no morro, a dois passos mais, havia uma casa...

Encontraram, guardado no peito de Nefiód, um par de *lápti* de criança, novinho em folha, mais um saquinho com fucsina.

Glória

— Não, não, meu caro senhor, a glória russa é uma coisa intrincada! Tão intrincada que deveriam é fazer um estudo inteirinho sobre ela. Nisso até está, na minha opinião, uma das chaves para toda a história russa. Além disso – o senhor me desculpe, por favor, mas é que ainda está tão verdinho... – é melhor escutar o que eu já amadureci com o tempo. Quando tenho uma folga eu não tiro os óculos, não, faz quarenta anos que eu estou plantado em cima dos livros; além do que, tenho uma certa experiência de vida e, em certas coisas, posso competir com qualquer Kliutchévski[1] – o senhor não repare não, mas bem na sua frente tem um alfarrabista de segunda. Agora, sobre esses andarilhos birutas, não tem o que falar: eles são, até mesmo, a minha especialidade. Pois toma aqui algumas figuras dessa galeria – nenhuma delas é nem um pouquinho legendária, inesquecível, mas todas são totalmente verdadeiras, contemporâneas, minhas.

— Veja aqui, por exemplo, o Mujique Barba. Ele era de Vorónej.[2] Por muitos anos permaneceu em relativo anonimato. Até que, de repente, eis que acontece um episódio feliz. Numa bela manhã, some uma caixinha de madeira, nogueira pura, de um coronel reformado. A polícia vasculha tudo, per-

1 Vassíli Ossípovitch Kliutchévski (1841-1911), historiador russo. (N.T.)

2 Capital da Região de Vorónej, cerca de 590 km a sul de Moscou. (N.T.)

de até o próprio rumo – e nem o mínimo resultado sequer. O que fazer? Os policiais vão para o subúrbio, se enveredam atrás de um curandeiro – lá, nos arredores de Vorónej, Oriol, Kursk[3] e Tambóv,[4] eles existem em pencas. Entram em uma casinha e se deparam com toda uma assembleia: umas dúzias de camponesas, comovidas até as lágrimas, estão ali, olhando o tal do curandeiro. E o fulano fica ali enchendo o bucho, e de chá. No canto vermelho, com a mesa posta, um samovar fervendo em cima dela e, sentado, lá está o mujique, em estado de graça, com um cinto cor-de-rosa de criança amarrado na cintura e uma barba grande, que toma o peito inteiro: vira e mexe ele olha de rabo de olho com sua vista clara e, sem desviar os olhos, fica sorvendo o chá, mas não de uma xícara ou de um copo, não, mas direto de uma bacia. Ele bebe tudo, seca com a manga da roupa o suor daquela testa careca, se lambe e, de novo, dá a ordem, baixinho: "Dá mais! E mais doce!".

— O senhor entende que ele só sussurrava, de tanto que suava? Aí, a camponesa da frente, que é a mais vistosa e bonita de todas, se atira com pressa para a mesa, enche de chá a bacia, até a borda, descarrega açúcar e, de novo, volta para trás e fica em pé, chorando e olhando. E ele volta a assoprar a bacia quente, que nem um bezerrinho.

— Quem é esse?

— Um homem divino, meu senhor. Vive só de chá e mais nada.

— E você, quem é?

Ele responde, sem ficar nem um pouquinho tímido.

— Quem? Eu? O Mujique Barba. Eu amo chá.

---

3 Capital da Região de Kursk, cerca de 540 a sudoeste de Moscou. (N.T.)

4 Capital da Região de Tambóv, cerca de 480 km a sul de Moscou. (N.T.)

— Pode desvendar um roubo?

Ele beberica e dispara, feito metralhadora:

— Posso, sim, meu caro, só que com a alma em jejum. Espera até amanhã de manhãzinha.

No outro dia pegam o mujique logo cedinho, vão até o coronel e o forçam a fazer adivinhações.

— Não — ele diz —, assim não dá. Meus pais me ensinaram que não é assim que faz. Tem que rezar antes. Rezem. Rezem todos.

Todos rezam: o comissário de polícia, o inspetor do quarteirão, o *gorodovói*, o coronel e toda a sua família, ao todo seis filhas. Até a avó eles levam para lá. Mas, depois da reza, fica claro que o Barba não sabe adivinhar nada. E enxotam o dito cujo aos safanões! E o que o senhor está pensando? Que ele perdeu a fama de milagreiro? É aí que a glória daquela barba começa a crescer, só que não de um dia para o outro, mas sim, de hora em hora: multidões já vão atrás dele, enchem o homem de dinheiro e outras prendas, os comerciantes mais ricos, um atrás do outro, fazem longas reverências, convidam o divino para a casa deles. E ele acede, vai, senta no lugar mais honorável e... se empanturra de chá. Bebe e ordena: "Dá mais! E mais doce!".

— O que, não acredita? Não acha possível adorarem o homem por vinte anos, feito um ícone, só porque ele pode esvaziar baldes de chá? "Está certo, ele fica bebendo, mas isso não deve ser tudo o que ele faz." Bem, ainda que raramente, ele deve dar alguma prova de si. Nem que seja, por exemplo, falando qualquer mentira, sobre qualquer coisa de Deus ou, ao menos por decoro, fazer qualquer pessoa de boba. Mas não, nada disso. Ele só bebe e ganha essa fama! É glorificado!

— Mas, vamos adiante. Veja só um tal de Fédia,[5] também de Vorónej. O apelido já não cheira nada a divino: Fédia, o Lixeiro. Só que a sua fama de milagreiro, mais uma vez, é enorme. Tem uma casinha no subúrbio e dois filhos adultos – um moço e uma moça que, com bastante experiência, cuidam de uma vendinha enquanto o paizinho deles anda pelas ruas, já há uns quinze anos. Ele tem um rosto escuro, sem um pelo na barba e uns olhos pretos que não piscam – além do que, está sempre mudo. Em duas palavras, para falar com precisão mesmo, ele só canta: se você para o homem e pergunta alguma coisa, ele avança para cima do senhor e fica olhando, assim, fixamente, andando e berrando qualquer coisa das escrituras. A voz já é, de cara, pavorosa. Além do que, ele mesmo é pavoroso: um cabelo ensebado, os pés descalços, vive num farrapo que só, lógico, e tem sempre um tripé de ferro, de ponta-cabeça, na cachola – é essa a coroa deste tzar. E qual não é a sua principal ocupação? Remexer o lixo: assim que o sino toca para a missa, à tardezinha – ele vai para fora da cidade e fica lá, remexendo até tarde com um pau aqueles barrancos, onde os lixeiros, de madrugada, jogam fora os bens da cidade. Fica lá, suando a camisa – só depois é que vai para casa e passa o resto da noite. E o que mais? De novo, mais nada! Então por que é que, pergunto eu, enchem o homem de dinheiro, confeitos e outros presentes? Por que pegam e beijam suas mãos, e não só a mão, mas também aquela fedentina de pau? E eu é que sei? Eu é que sei? Filosofe o senhor mesmo – e olha que há no que pensar...

5 Diminutivo de Fiódor. (N.T.)

— Depois, meu senhor, eu me lembro do Kiriúcha[6] de Borissoglébsk,[7] Kiriúcha de Tula,[8] Ksenofónt, o Maldito... O Kiriúcha de Borissoglébsk era um mujique de um vilarejo grande e comercial perto de Borissoglébsk, de fuça fresca, rosada. E não é que num dia esplendoroso ele repicou a cabeleira, ficou descalço, vestiu uma saia, pôs numa mão um pé de cabra e se chispou para a cidade? Antes, escolheu um feriado importante – o Pentecostes – e foi direto para a catedral, direto para a missa. Lá, lógico, toda a gente conhecida fica na frente, o que não é nada mais nada menos do que todas as patentes da cidade, de uniforme de gala completinho. Nem dá para imaginar que calorão, que bafo e que aperto fazia lá dentro – o sol descia torrando, assim, direto da cúpula, e os maços de bétula,[9] espalhados pelo chão e pelas paredes, ficavam ali, murchando – e cheirando a defunto. E eis que de repente, ouve-se um mugido horroroso: Kiriúcha desembesta para dentro da igreja, mugindo no meio do povo, trombando com meio mundo para chegar ao púlpito. Claro, os policiais enxotam o bendito pelo cangote, mas aí, a coisa já estava feita – a catedral inteira e, depois, a cidade inteira ficaram admiradas, alvoroçadas com o episódio. E Kiriúcha, depois que se fingiu de vaca no Pentecostes, acabou fazendo isso por três anos inteirinhos. Por três anos inteirinhos – ou ele andava mudo ou mugia. Mugia, berrava com uma voz estentórea e profetizava, gesticulando: se fecha o punho e enfia o pau dentro, então tem algum casamen-

6 Diminutivo carinhoso de Kiril. (N.T.)

7 Vilarejo na Região de Iaroslavl, a cerca de 250 km nordeste de Moscou, também conhecido pelo mosteiro local. (N.T.)

8 Capital da Região de Tula, cerca de 200 km a sul de Moscou. (N.T.)

9 É costume russo nesse feriado decorar a igreja, os ícones e o chão com brotos de bétula, símbolo da pureza e cor da Santíssima Trindade. (N.T.)

to à vista, se cruza os braços na forma de uma cruz, então pode esperar que, logo, logo, alguém empacota. E não é que um dia, quatro anos mais tarde, ele computou um ganhozinho, viu que tinha um dinheirinho ali, redondinho, e então, voltou para os cafundós de onde tinha vindo? Lá, ele construiu uma casinha, fez um jardinzinho com malvas e mais umas outras coisinhas. Um vigarista comum? Sem sombra de dúvida. Mas, e a fama de milagreiro? Existiu mesmo? Sim, existiu – só que idêntica à fama do outro Kiriúcha, de quem eu já lhe falei, o Kiriúcha de Tula, e à do Ksenofónt. O Kiriúcha de Tula era um nanico até que bem-apessoado, conhecedor das escrituras, e tinha uma voz melódica. Ele sempre carregava no peito, por cima de uma *podióvka* mixuruca, acinzentada, uma bolsinha, mas o que tinha dentro dela – "não é para conhecimento dos mortais, minhas amáveis irmãs, viúvas e desposadas!". Já o Ksenofónt, por um motivo qualquer, se chamava Maldito. Um rapazinho bexiguento, comprido e vestido que nem um noviço. E toda a *iuródstvo* dele nada mais era do que ficar vadiando pela cidade, bebendo, nas casas das pequenas burguesas e das comerciantes, chá – mas tinha que ser com óleo de lamparina e só se fosse de lamparina de igreja. Mais uma vez, o senhor dirá que se trata de um simples vigarista. E mais uma vez eu digo que estou plenamente de acordo com o senhor. Um fica com uma bolsa misteriosa no peito, já o outro quer óleo de lamparina – só isso e mais nada. Então, cadê o segredo? Será possível que só na bolsinha e no óleo?...

— Depois desses, eu vou descrever mais uma dupla, parecida com esses outros que, ao primeiro olhar, são também umas figuras muito simples: Feodóssi, de Khamóvnik,[10] e

10 Região noroeste de Moscou que, à época, era subúrbio da cidade e importante centro têxtil. (N.T.)

Petrucha, de Ustiúg.[11] Um dia, Feodóssi se cansou de ser um simples limpador de rua e também resolveu andar descalço; vestiu uma corrente de autoflagelação, ou seja, em outras palavras, ele simplesmente se enrolou numa coleira de cachorro, levou a tiracolo um tal de Petrucha, que era um andarilho, e lá se foi profetizar. O senhor de novo irá pensar – então, para fazer isso, ele tinha que ter algum dom. Mas, mais uma vez, eu terei que decepcionar o senhor: não, nenhum dom, nenhunzinho sequer! Esse dito cujo era escrachado, profetizava sem um único dom para isso e, o que é mais importante, nem de longe lembrava um profeta: pois não é que era um mujique comum, careca, de uns quarenta anos, que tinha olhos alegríssimos e descarados. Já o Petrucha, esse aqui era ainda mais ordinário. Parecia uma titica, tinha uma cabecinha igual à de uma galinha e ainda, ele era, por natureza, sem-vergonha, nojentinho mesmo: com a mulherada, era um tal de "ai, minha canarinha", de florzinha pra cá e patinha para lá! Ele se diferenciava dos outros porque gostava era de uma comilança lascada! Principalmente de uma sopa de macarrão ao leite[12] e melancia. Quando via uma melancia ele tremia todo e gritava: "Tentação! Sai pra lá tentação! Vade retro!" – depois agarrava a fruta, a prendia nos joelhos e não deixava nem as sementinhas. Mais uma vez o senhor dirá que, como espalham, esses velhacos não contam e que, por isso mesmo, deveríamos deixar esses milagreiros em paz. Mas, em primeiro lugar, eu queria acrescentar: quantos desses velhacos e degenerados não existem em meio aos nossos santos? E ainda, em segundo lu-

11 Cidade Velíki Ustiúg, na Região de Vólogda, cerca de 1.000 km a nordeste de Moscou. (N.T.)

12 As sopas à base de leite e frutas, legumes ou macarrão são pratos típicos da culinária russa. (N.T.)

gar, eu devo lembrá-lo de que meu objetivo não era, em absoluto, atacá-los: a minha ideia é completamente outra; interessa-me o fato de que nós, russos, somos grandes fãs de velhacos e degenerados e que esta nossa particularidade é verdadeiramente notável; logo, a "veneração pelos falsos profetas" deve ser objeto digno da maior atenção. E, além disso, não há meios de eu concordar que, por exemplo, Feodóssi e Petrucha sejam apenas uns salafrários. Não, nada disso! Num certo sentido, essas pessoas são impressionantes. Imagine só toda essa negligência alegríssima, toda essa facilidade desavergonhadíssima, que o próprio Feodóssi usou, em meio aos outros russos, para empreender sua peregrinação: ele tomou a todos, sem exceção e de uma vez por todas, como perfeitíssimos idiotas, tomou a todos, por assim dizer, como propriedade dele, mas claro que não racionalmente. Pois será que isso não é uma genialidade por si só? E também o Petrúcha é genial. Nesse caso, imagine só o senhor, também há algo que foge do comum, no que diz respeito ao esforço em manter íntegro um bucho dotado de pernas, que é um verdadeiro poço sem fundo, a todo esse esforço zoológico direcionado a um único objetivo – que é o macarrão, a melancia, os canarinhos, as florzinhas. Acho que semelhante primitivismo, que é verdadeiramente zoológico, o senhor não encontra em lugar nenhum, senão entre os russos. E pode acreditar, senhor: aquela multidão de gente ficava mesmo impressionada (claro, isso para ela é misterioso) era com a força terrível desse esforço zoológico...

— O notável Ivan Stepánovitch Likhatchióv também era mais ou menos desse tipo. Foi *likhátch* por muito tempo – daí o nome: Likhatchióv – fazia ponto nos *Soboliákh* – claro que o senhor sabe o que isso significa – era um quarteirão inteiro só de bordéis – e depois apeou da boleia e se converteu em um preceptor ambulante da vida sagrada. Vestiu o hábito, um barrete fajuto de veludo – e lá foi ele. O divino tinha uma careca profética que não era pior do que a do Feodóssi e também era bem-humorado. De fato, ele tem o dom da oratória, mas uma oratória rasteira – passa os sermões mais batidos possíveis e ele, é lógico, fica aguçado, olhando, justamente, para quantas moedas a burrice compassiva vai desatar do lencinho. Esse assunto, a meu ver, também é excepcionalmente interessante! Aqui, como vê, uma pessoa, ficando anos a fio ao redor de bordéis, também desenvolve uma visão notável sobre o mundo, a vida e as pessoas!

— Depois, Vaniúcha[13] das Cambalhotas. E por que das cambalhotas? Por que ele dava cambalhotas, andava, quase que o tempo todo, como uma roda. Magnífico! Podia andar assim pelo menos umas cinco, dez verstas. E ainda não se pode deixar de lado a sua face: um menino todo enrugado de uns quarenta anos, com olhos espertinhos, cabelos desgrenhados, dignos de uma mulher; além do que, eram curtos – por força maior, já que andar feito uma roda com cabelos compridos, claro, é desconfortável. Por falar nisso, famoso mesmo foi um que fez uma romaria até Kiev com a própria Matriona Makárievna,[14] que é a padroeira de todos os *iuróditsi* e, como se não bastasse, a peregrinação não foi nada simples, mas, à sua maneira, formidável: imagine o

---

13 Diminutivo carinhoso de Ivan. (N.T.)

14 Provável alusão a uma profeta bastante popular na época, Matriénuchka de Pés Descalços (1840-1911). Ela foi uma camponesa que, depois de perder o marido na Guerra Russo-Turca (1877-1878), começou a andar descalça por toda a Rússia central, chegando a vestir o hábito de religiosa. Acreditava-se que ela tinha poderes milagrosos. (N.T.)

senhor que a própria Matriona Makárievna reuniu, em Kiev, e conduziu atrás dela, até Moscou, nada mais nada menos que cem fiéis e dos mais imbecis, escolhidos pela deformidade interior e exterior! É para ficar de cabelo em pé, meu senhor, só de imaginar que horda era aquela, que peregrinava com tudo quanto era tipo de pauzinho, reverenciando sua ordem!

— Permita-me terminar com apenas mais um quadro. Acho que, pela primeira vez, fico satisfeito. Quero acrescentar apenas mais um – Daníluchka,[15] de Kolómenskoe.[16] Este aqui vem de uma família de devotos fanáticos, ricos e grosseirões, filho único de um *raskólnik*[17] inveterado, escolástico e fanático. Virou *iurodívi* ainda antes da adolescência: deixou de aparar o cabelo – vale notar esta característica impressionante, que é a paixão por cabelos, própria das mulheres! –, tirou as calças, vestiu um camisão – também de mulher, olhe aqui, de novo, o feminino! – e começou a revelar uma sede insaciável por dinheiro, por jogo de canelas[18] e por dançar – quando se deparava com algum defunto. Ele era bonito, dono de uma beleza exótica, sombria, como a oriental, e era tão míope que não o chamavam de outro jeito, a não ser de cachorro cego; no entanto, jogava de tal maneira que, por onde quer que fosse, logo ganhava fama, porque, igual a ele, no jogo, ainda não se tinha

---

15 Diminutivo carinhoso e íntimo de Daniil. (N.T.)

16 À época, era um antigo povoado próximo de Moscou, que hoje faz parte da zona sudoeste da cidade. (N.T.)

17 Seguidor de uma corrente religiosa ortodoxa dissidente, ainda na Rússia antiga. (N.T.)

18 No original, *igrá v bábki* (literalmente, "jogo de articulações"). Jogo popular, com origens na Rússia antiga. As peças, ossos de canelas de boi ou porco, deveriam ser enfileiradas em pé para então serem derrubadas num só golpe, a ser realizado com uma única peça de canela. Ganhava o jogo aquele que, arremessando sua canela contra as outras, dispostas em pé, derrubasse toda a fileira. (N.T.)

VANIÚCHA

notícia: podia estar pelo menos a meia versta da fileira de canelas que, mesmo assim, de uma vez só, o dito rapava todas elas, com aquela mão comprida. Ele joga, ganha – está enriquecendo. Já tem sacos inteiros de canela. As de atirar são tão boas que por qualquer uma delas um bom jogador, um verdadeiro conhecedor do assunto, estaria pronto a tocar vaca, arar terra, fazer colheita e tosquiar ovelha para qualquer pope, durante três anos. Ele joga, acumula bens, negocia, troca e, na terra, em algum lugar, enterra o que ganha; enterra também o que consegue em funerais, com seu remelexo pelo defunto. É tudo bastante estranho, não é verdade? Um magricela selvagem, bonitão, sinistro, com um cabelo azulão bem na altura dos ombros, que fica descalço no verão e no inverno (até no frio de rachar) e só de camisa – um dia atrás do outro, ou ele fica jogando ou fica procurando um velório. Joga como se fosse alguém absolutamente normal – só é diferente dos outros porque é quietão – e, assim que ouve falar que tem um defunto novo no subúrbio ou na cidade, logo ele se chispa para a igreja, para a missa de corpo presente: explode no requebro mais desenfreado possível, bem em cima do caixão, e se bate até cair no chão. Dá para acreditar? Chegou até a correr para Moscou, quando soube da morte de Semión Mítritch[19] – que, provavelmente, era alguém douto; aliás, que pessoa era aquela em comparação com esses birutas? – e tudo isso para "ele dar a última requebrada no reino de Deus" e para Daníluchka, por aquela dança, rechear ainda mais seu saco com as esmolas da gente que se comove com isso. Seu saco sempre ficava

19 Semión Mítrich era conhecido à época e chegou a ter seguidores, por atribuir-se dons divinos. As datas de nascimento e morte são desconhecidas. (N.T.)

pendurado no pescoço e – pode o senhor imaginar? – como ele não chacoalhava? Como ele não tinia com tantos copeques, por causa dos seus repentes, quando ele saltava e ficava rebolando?

— E, para terminar – o senhor sabe como ele morreu? Foi cruelmente retalhado por um conterrâneo seu durante um incêndio – intencional – na igreja. Faz tempo que no subúrbio ocorria algo estranho: os incêndios tinham se tornado mais frequentes e o porquê disso era absolutamente desconhecido. Quando viram, esse Daníluchka estava por trás, tinha adquirido uma nova paixão: botar fogo. Era daí que eles vinham: dia sim, dia não, mais cinzas e sempre o primeiro a aparecer no local do incêndio, rebolando-se todo, era Daníluchka. Moribundo, ele mesmo reconheceu:

— Queria botar fogo em toda a Kolómna[20] e dar meu último requebro no reino de Deus.

20 Cidade distrital a 110 km sudoeste de Moscou. (N.T.)

CONTOS DE 1933-1950

Aleias escuras

Durante uma fria intempérie de outono, em uma das grandes estradas de Tula, inundada pelas chuvas e retalhada por muitos carris pretos, uma caleça encostou junto a uma isbá, com a capota erguida pela metade, respingada de lama e puxada por uma *troika* de cavalos bastante simples, cujas caudas estavam amarradas devido ao barro. De um lado da habitação funcionava uma agência dos correios e, de outro, havia um cômodo onde era possível descansar ou pernoitar, almoçar ou pedir um samovar. Na boleia da caleça sentava-se um mujique alentado, metido num *armiák* bem amarrado, de aparência séria e de face escura, barba preta feito breu, semelhante a um bandido de antigamente; na caleça, ia um militar velho e garboso, de quepe grande e capote cinza ao estilo Nikolai, com gola alta forrada por pele de castor, cujas sobrancelhas, ainda pretas, não obstante os bigodes brancos, uniam-se até as suíças de mesmo tom, sobre o queixo barbeado. Toda sua aparência guardava muita semelhança com Alexandre II, cujo estilo era tão difundido entre os militares de sua época, e seu olhar também era interrogador, severo mas, ao mesmo tempo, cansado.

Quando os cavalos pararam, ele atirou para fora da caleça sua bota militar de cano duro e, segurando as abas do casaco com suas mãos de luvas de camurça, correu em direção à isbá e adentrou-a.

— À esquerda, sua excelência — gritou da boleia o cocheiro, grosseirão, e aquele, curvando-se levemente na soleira em razão de sua considerável estatura, adentrou no vestíbulo e depois no cômodo à sua esquerda.

Lá estava aquecido, seco e asseado: um ícone dourado, novo, ocupava o canto esquerdo e, debaixo dele, havia uma mesa coberta por uma toalha limpa de linho cru, ao redor da qual se dispunham bancos nitidamente lavados; um forno a lenha,[1] que ocupava o canto direito oposto, branquejava à cal fresca; mais perto, havia um tipo de banqueta, coberta por pelegos malhados, que se estreitava contra o forno; por detrás da sua tampa, desprendia-se o cheiro doce de *schi* – repolho bem cozido, carne de vaca e louro.

O recém-chegado atirou seu capote sobre o banco, parecendo ainda mais garboso só de uniforme e botas, depois tirou as luvas e o quepe e, com aspecto cansado, passou a mão magra e pálida pela cabeça – os cabelos grisalhos das têmporas, penteados em direção aos olhos, encaracolavam-se levemente, e seu rosto belo e alongado com olhos escuros conservava, aqui e acolá, pequeninas marcas de varíola. Como não houvesse ninguém no cômodo ele, hostil, gritou pela porta entreaberta, que dava para a entrada:

— Ei, tem alguém aí?

Imediatamente após, entrou uma mulher de cabelos escuros, sobrancelhas também escuras e também bela, apesar da idade. Parecia uma cigana idosa, com sua penugem escura sobre os lábios e bochechas, tinha andar leve, embora fosse gorducha, os seios grandes sob uma blusinha vermelha e a barri-

1 Ver Glossário *forno russo*. (N.T.)

ga triangular, como a de uma gansa, debaixo de uma saia preta de lã.

— Bem-vindo, excelência — disse ela. — Quer comer ou deseja um samovar?

O recém-chegado deu uma rápida olhada nos ombros curvados dela e nos pés leves de sapatilhas tártaras, vermelhas e gastas, e falou entrecortado, desatento:

— Samovar. É a dona, aqui, ou está servindo?

— Sou a dona, excelência.

— Então, administra tudo sozinha?

— Exatamente. Sozinha.

— Como assim? É viúva ou o quê, para você mesma levar o negócio?

— Não sou viúva, não, excelência, mas tenho que viver de alguma coisa. E gosto de cuidar daqui.

— Claro, claro. Isso é bom. E como é limpo e agradável aqui.

O tempo todo, a mulher o perscrutava, franzindo os olhos suavemente.

— E também, eu gosto de limpeza — respondeu ela. — Já que eu cresci com os senhores, como é que eu não ia saber fazer as coisas direito, Nikolai Aliekséievitch?

Ele rapidamente se endireitou, arregalou os olhos e enrubesceu.

— Nadiéjda![2] É você? — disse ele, apressado.

— Eu mesma, Nikolai Aliekséievitch — respondeu ela.

— Meu Deus, meu Deus! — disse ele, sentando-se no banco e olhando-a fixamente. — Quem poderia pensar! Há quantos anos não nos víamos? Uns trinta e cinco?

---

2 Nome feminino que, em russo, significa esperança. (N.T.)

— Trinta, Nikolai Alieksséievitch. Eu estou com quarenta e oito e o senhor, eu acho, deve ter uns sessenta.

— Perto disso... Mas meu Deus, que estranho!

— O que é estranho, meu senhor?

— Tudo, tudo... Mas como você não entende?!

O cansaço e o alheamento haviam desaparecido. Ele se levantou e começou a andar a passos firmes pelo cômodo, olhando o chão. Depois parou e, enrubescendo por entre os cabelos grisalhos, pôs-se a falar:

— Nada sei a seu respeito desde aqueles tempos. Como veio parar aqui? Por que não ficou com os senhores?

— Eles me deram liberdade logo depois do patrão.

— E onde foi morar depois?

— É uma longa história, meu senhor.

— Não foi casada, como diz?

— Não fui não, senhor.

— Por que, com aquela beleza?

— Eu não podia fazer isso.

— Por que não podia? O que quer dizer?

— Mas explicar o quê? Pois na certa o senhor se lembra como é que eu o amava.

Ele enrubesceu até as lágrimas e, carregando o cenho, novamente se pôs a andar.

— Tudo passa, minha cara — ele se pôs a balbuciar. — Amor, juventude... tudo, tudo. Isso é uma história comum, corriqueira. Com os anos tudo passa. Como está dito no Livro de Jó? "Apenas te lembrarás como das águas que passaram."[3]

3 Citação inexata do Livro de Jó, 11:16. (N.T.)

— Cada um tem aquilo que Deus dá, Nikolai Alieksséievitch. A juventude passa mesmo, para tudo que é gente, ela passa; mas o amor – isso é outra coisa.

Ele levantou a cabeça e, parando, sorriu febrilmente:

— Pois você não poderia me amar a vida toda!

— Poderia sim. Quanto tempo já não passou e eu sempre vivendo só disso? Sabia que o Nikolai de antes já não existia mais, que pro senhor era como se nada tivesse acontecido, mas... Agora é tarde para culpar, mas verdade seja dita: o senhor me largou de um jeito muito desalmado demais; e quantas vezes eu não quis foi acabar com aquela minha vida por causa dessa desfeita, e isso já sem falar de tudo o resto... Porque teve um tempo, Nikolai Alieksséievitch, que o senhor era, para mim, Nikólenka,[4] e eu era para o senhor – lembra como me chamava? E ficava sempre lendo tudo quanto era verso de umas "aleias escuras" – acrescentou ela, com um sorriso maldoso.

— Ah! Como você era bela! — disse ele, meneando a cabeça. — Como era ardente, maravilhosa! Que talhe, que olhos! Lembra como todos ficavam fascinados diante de ti?

— Lembro, meu senhor. E o senhor também era dos bons. Pois então, foi pro senhor que eu dei toda a minha beleza, toda a minha febre. E como é que alguém esquece isso?

— Ah! Tudo passa. Tudo se esquece.

— Tudo passa mesmo, mas esquecer, nem tudo a gente esquece.

— Deixe-me — disse ele, virando as costas e aproximando-se da janela. — Deixe-me, por favor.

---

4 Diminutivo carinhoso de Nikolai. (N.T.)

E, tirando um lenço e comprimindo-o contra os olhos, acrescentou, rápido:

— Só espero que Deus me perdoe. Por que tu, ao que parece, me perdoou.

— Não, Nikolai Aliekséievitch, não perdoei. Já que a conversa chegou até o nosso sentimento, eu digo de uma vez: nunca consegui perdoar o senhor. Se naquela época, eu não tinha ninguém mais especial no mundo do que o senhor, depois também foi assim. Por isso, não tem nem como perdoar. Mas, para que ficar lembrando? Não adianta acender vela para defunto ruim.

— É mesmo, não há como... Mande trazer os cavalos — respondeu ele, afastando-se da janela, com o rosto já severo. — Mas só uma coisa eu lhe digo: não pense, por favor, que já fui feliz na vida. Desculpe, pois eu não quero ferir seu amor-próprio, mas, sinceramente – amei perdidamente a minha esposa. Mas ela me trocou, me largou de uma maneira ainda mais ultrajante do que eu te larguei. Meu filho, eu adorava – enquanto ele crescia, quantas esperanças eu não depositei nele! Mas virou um canalha, gastador, um descarado, sem coração, sem honra, sem vergonha... Pensando bem, tudo isso é a história mais comum, corriqueira. Cuide-se, minha cara. Acho que eu também perdi em ti tudo o que eu tinha de mais especial na vida.

Ela se aproximou e beijou-lhe a mão. Ele beijou a dela.

— Mande trazer...

Quando seguiram viagem, ele pensou, sombrio: "Sim, como ela era graciosa! Um encanto de tão bela!". Com vergonha, lembrou-se de suas últimas palavras e de que lhe beijara a mão e imediatamente se envergonhou de sua vergonha. "Não

NIKOLAI
NADIÉJDA

é mesmo verdade que ela me proporcionou os melhores momentos da vida?"

Ao entardecer, o sol voltou a aparecer, pálido. O cocheiro mantinha um trote curto, sempre evitando os carris pretos e escolhendo os menos lamacentos. Também pensava em algo. Finalmente, disse com grosseria séria:

— Ela, sua excelência, ficou olhando o tempo todo da janela, enquanto a caleça saía. O senhor deve de conhecer essa dona faz tempo.

— Sim, faz tempo, Klim.

— Essa mulher é um poço de inteligente. E, pelo que dizem, fica cada vez mais rica. Até empresta dinheiro a juros.

— Isso não significa nada.

— Como não?! Quem é que não quer viver melhor neste mundo? Emprestar dinheiro não tem nada de mal. E ela, dizem, tem muita justeza no negócio. Com ela não tem conversa! Se não pagar de volta e dentro do prazo, a culpa é só sua.

— Pois é, a culpa é só sua... Aperte o passo, por favor, para não nos atrasarmos para o trem...

O sol baixo brilhava amarelo sobre os campos vazios, os cavalos pisavam sonoros, cadenciados pelas poças. Ele olhava as ferraduras que perpassavam sua vista, com o cenho negro carregado, pensando: "Sim, a culpa é só sua. Sim, claro, foram os melhores momentos. E não apenas os melhores, mas os verdadeiramente mágicos! 'Ao redor, floreia escarlate a roseira-brava, as aleias de tílias escuras lá estão...'[5] Mas, meu Deus, o que teria sido depois? O que aconteceria se eu não a tivesse deixado? Que tolice! Essa mesma Nadiéjda, não a estalajadei-

5 Citação inexata do poema "Uma história comum", de Nikolai Platónovitch Ogarióv (1813-1877), poeta e revolucionário russo. (N.T.)

ra, mas a minha esposa, dona de minha casa em Petersburgo, mãe de meus filhos?"

E, fechando os olhos, meneou a cabeça.

Hora tardia

"Ah! Como já faz tempo que eu estive lá", disse comigo. Desde meus dezenove anos. Então, morava na Rússia, sentia-a como minha, tinha plena liberdade de transitar aonde quer que fosse, e percorrer, fossem trezentas verstas, não era tarefa difícil. E eu nunca ia, sempre adiava. E anos, decênios correram e passaram. Já é impossível adiar mais: ou é agora, ou nunca. É necessário aproveitar esta única e última ocasião, uma vez que a hora é tardia e ninguém me encontrará.

E eu passei pela ponte sobre o rio, vendo, ao longe, tudo o que havia ao redor, ao luar minguante das noites de julho.

A ponte era tão conhecida, usual, como se eu a tivesse visto ontem: rústica-antiga, arqueada e como se fosse não propriamente de pedra, mas de algo tão empedernido pelo tempo que atingira a eterna inquebrantabilidade – quando aluno do ginásio, eu pensava que ela já existia nos tempos do Bati.[1] Mesmo assim, sobre os tempos remotos da cidade, falam apenas de certos vestígios de sua muralha, que ficam no barranco atrás da catedral e, também, dessa ponte. Todo o resto era velho, provinciano, nada além disso. Uma coisa era estranha e assinalava que, apesar disso, algo havia mudado no mundo a partir daquele momento, quando eu era menino-moço: antes o rio não

1 Cã Bati ou Batu (1208-1255) – cã mongol, neto de Genghis Khan, que governou as tribos mongóis nas regiões dos Urais e Ásia. (N.T.)

era navegável, já agora, provavelmente o aprofundaram, o desentulharam; o quarto de lua mantinha-se à minha esquerda, bem longe, sobre o rio e, na sua luz vacilante, sobre o brilho tremeluzente da água, branquejava um navio a vapor e sua roda d'água. Parecia vazio, de tão quieto que estava – embora todas as suas vigias estivessem iluminadas, semelhantes a olhos dourados, inertes; estavam todas refletidas na água, como colunas douradas que jorravam das profundezas para a superfície: a embarcação como que se erguia sobre elas. Era assim também em Iaroslavl,[2] no canal de Suez e no Nilo. Em Paris as noites são úmidas, negras, o clarão enevoado roseia no céu indevassável; o Sena, escuro como breu, corre sob as pontes, mas debaixo delas também pendem colunas jorrantes, refletidas dos lumeeiros das pontes. Elas, porém, eram tricolores: branco, azul e vermelho – bandeiras nacionais russas. Aqui, na ponte, não há lumeeiros e ela é seca e empoeirada. E mais adiante, no morro, os jardins escurecem a cidade, sobre os quais a torre dos bombeiros se projeta. Meu Deus, era uma felicidade indescritível! Foi durante o incêndio, à noite, que eu beijei sua mão pela primeira vez e, em resposta, você apertou a minha – eu nunca me esquecerei dessa concordância secreta. Toda a rua negrejava de gente, numa irradiação sinistra e incomum. Eu os visitava quando, de repente, começou a badalar o sino e todos se atiraram logo às janelas e, depois, ao portão. Ao longe, atrás do rio, algo queimava, mas com calor, sede e urgência terríveis. Lá se enxameavam densas nuvens de fumaça rubro-escuras, como lã; no alto delas se elevavam panos escarlates – as labaredas – e, próximo de nós, tremeluzindo, elas repercutiam-se, cobreadas, na cúpula do arcanjo Mikhail.

2 Capital da Região de Iaroslavl, banhada pelo Rio Volga. (N.T.)

E, naquele aperto, em meio à multidão, em meio ao burburinho inquieto, ora levemente compassivo, ora alegre, que escapava do povo que se aproximava, às pressas, de todas as partes, chegou-me o aroma dos teus cabelos de moça pura, do pescoço, do vestido de linho – e eis que, de repente, decidi-me e, extinguindo-me por completo, peguei tua mão...

Depois da ponte eu subi até o topo do morro e tomei o calçamento que levava à cidade.

Nele não havia uma única chama em lugar algum, nem viva alma sequer. Tudo estava calado, vasto, quieto e triste – é a tristeza das noites na estepe russa, da cidade adormecida na planície. Só se ouviam, às vezes, os jardins: a folhagem tremulava cautelosa, ao constante fluxo do vento suave de julho, que se arrastava de algum lugar desde os campos e me acariciava. Eu caminhava – assim como o grande quarto de lua, girando e transparecendo na escuridão das copas, qual círculo espelhado; as ruas largas jaziam em sombra – apenas as casas à direita, não atingidas pelo seu véu, tinham paredes brancas e iluminadas, e seus vidros negros transbordavam com brilho fúnebre. Eu caminhava pela sombra, pisava no passeio mosqueado – ele estava transluzente e se estendia à semelhança de renda de seda preta. Que vestido de baile, muito elegante, longo e bem talhado ela trajava! Ele caía-lhe de um modo singular, na silhueta fina e nos seus olhos negros e jovens. Nele, ela era misteriosa e, ofensivamente, não me dava atenção. Onde foi isso? Numa visita a quem?

Meu objetivo era passar pela Rua Velha. Eu poderia chegar até lá por outro caminho, mais curto. Mas tomei aquelas ruas amplas nos jardins, pois queria dar uma olhadela no ginásio. E, chegando até ele, admirei-me: também aqui tudo permanece o mesmo de meio século atrás – a mureta de rochas, assim como o pátio de pedregulho, em cujo centro há o grande prédio de pedra –, tudo oficial, enfastiante, como na minha época. Detive-me junto aos portões; queria aguçar em mim a tristeza, a amargura das recordações – não conseguia: era fato que adentrara por esses portões um garoto apenas do primeiro ano, de cabelo à escovinha pela primeira vez, de quepe azul novinho e com pequenas folhas de carvalho, prateadas, logo acima da pala, de capote novo com botõezinhos prateados, e depois adentrara um jovem magro, de paletó cinza e culotes elegantes, com presilhas de sapato; mas seria mesmo eu?

A Rua Velha parecia-me somente um pouco mais estreita do que antes. O restante permanecia inalterado. O calçamento estava esburacado, não havia nem uma única arvorezinha em ambos os lados, os casarões dos comerciantes pareciam empoeirados e o passeio também estava tão esburacado, que era melhor ir pelo meio da rua, em pleno luar... Essa noite era quase igualzinha àquela. Só que aquela era no final de agosto, quando a cidade inteira cheira a maçãs, que ficam dispostas aos montes pelos bazares. E era tão quente que agradável mesmo era andar só de *kossovorótka*, amarrada por uma cinta caucasiana... Será possível recordar-se dessa noite como se fosse lá, em algum lugar? Como se ocorresse no céu?

Eu, ainda assim, não me decidira se iria ou não à sua casa. E esta, é verdade, não mudara, porém era mais terrível avistá-la. Há umas pessoas estranhas, agora mora nela gente nova. Seu pai, sua mãe, seu irmão – todos eles sobreviveram a você, jovem, mas, ao tempo deles, eles também morreram. É, e todos os meus também morreram; e não apenas os mais próximos, mas muitos, muitos com quem eu, na amizade ou no coleguismo, começava a vida – será que eles também já a começaram com a certeza de que ela não teria fim? Tudo começou, correu e se acabou perante meus próprios olhos – tão rápido e perante meus próprios olhos! Eu me sentei num frade perto do casarão de um comerciante, inconquistável atrás das suas fechaduras e portões, e comecei a pensar como ela era naqueles nossos tempos distantes: os cabelos escuros, arrumados com simplicidade, o olhar claro, o suave bronzeado do rosto moço, o vestido leve de verão, sob o qual havia a pureza, a fortaleza e a liberdade do corpo jovem... Era o começo do nosso amor, época absolutamente imperturbável, de felicidade, proximidade, confiança, ternura extasiada, de alegria...

Há algo absolutamente singular nas noites quentes e claras das cidades provincianas russas ao final do verão. Que paz, que bem-estar! O velhote, com sua matraca,[3] perambula à noite pela cidade alegre, mas apenas para deleite próprio: não há o que guardar, durma bem, povo bom. Deus benevolente é quem lhes guarda. E este céu, que resplandece nas alturas, para o qual o velhote sobe os olhos despreocupadamente enquanto perambula pelo calçamento aquecido durante o dia e trina com a matraca um gorjeio dançante, raramente, como passatempo. E eis que nessa noite, nessa hora tardia, quando somente ele não dormia na cidade, você me esperava no seu jardim já ressequido pelo outono, e eu, furtivamente, me esgueirava dentro dele: abri o portão na surdina, já antecipadamente destravado por você, corri, lépido e silencioso, pátio afora e, nas profundezas dele, atrás do galpão, entrei na penumbra multicor do pomar, onde, ao longe, no banco embaixo das maciei-

3 As matracas eram então utilizadas pela guarda noturna, para sinalizar a ronda. (N.T.)

ras, o seu vestido branquejava suavemente e, aproximando-me com rapidez, foi com medo alegre que encontrei o brilho de seus olhos que esperavam.

E ficamos sentados numa certa felicidade perplexa. Envolvia-lhe com um braço, ouvindo a batida de seu coração; com o outro segurava sua mão, sentindo-lhe inteira através dela. E já era tão tarde que não se ouvia nem a matraca – aquecendo-se à luz do quarto de lua, o velhote deitara-se em algum lugar do banco e cochilava, cachimbo à boca. Quando eu olhei à direita, vi como a lua minguante se irradia, alta e imaculada, sobre o pátio e como o telhado da casa brilha com brilho de peixe. Quando olhei à esquerda, vi a pequena trilha, coberta pelo mato crescido e seco, a perder-se sob as macieiras e, atrás destas, uma estrela verde, solitária, que emergira detrás de um outro pomar. Bruxuleava impassível e ao mesmo tempo expectante, falando algo, silenciosa. Mas foi num golpe de vista que vi tanto o pátio quanto a estrela – havia apenas uma coisa no mundo: a penumbra suave e, nela, a cintilação radiante de teus olhos.

E depois, você me acompanhou até o portão, quando eu disse:

— Se há vida futura e nós nos encontrarmos nela, eu estarei lá, de joelhos, e beijarei seus pés por tudo o que você me deu na terra.

Saí ao meio da rua clara e tomei o rumo de casa. Ao voltar-me, vi que você ainda branquejava no portão.

Agora, em pé ao lado do frade, eu voltava pelo mesmo caminho pelo qual chegara. Não, além da Rua Velha, algo mais eu desejava ver e precisava ardentemente confessá-lo. Sua exe-

cução, eu sabia, era inevitável. E lá fui eu – espiá-lo e partir, agora, para sempre.

O caminho era-me novamente conhecido. Sempre em frente e depois à esquerda, pelo bazar e, de lá, rumo à saída da cidade, tomando a Rua do Mosteiro.

O bazar é como uma outra cidade na cidade. Há fileiras inteiras que são muito cheirosas. É um tanto escuro na Fileira da Glutonaria,[4] embaixo do toldo e sobre longas mesas e bancos. Na de Ferragens, o ícone olhudo do Salvador está dependurado numa corrente, bem no meio da passagem, numa moldura enferrujada. Pela manhã, na da Farinha, um bando inteiro de pombos sempre correndo, bicando o passeio. Se você segue pelo caminho do ginásio – quantos deles não há! E todos gordos, com papos multicores – bicam e correm, femininos, agitando-se aos punhados, ondulando-se, num mesmo solavanco de cabeça, como se não te notassem: levantam voo e só batem as asas quando, por pouco, você não pisa num deles. E, de madrugada, aqui, ratos asquerosos e terríveis, grandes e escuros se atiram para todos os lados, desordenados, com rapidez e desassossego.

A Rua do Mosteiro é o caminho para o campo e, a partir dele, torna-se uma estrada: enquanto um caminho vai da cidade para casa, ou seja, para a aldeia, o outro vai para a cidade dos falecidos. Em Paris, durante dois dias inteiros, o prédio número tal na rua tal, com seu adorno fúnebre em prata, distingue-se de todos os demais edifícios ao redor, com seus apetrechos pestilentos na entrada; por dois dias, uma folha de papel fica disposta junto à porta, com bordas fúnebres, sobre a

4 Fileira de barracas que vendem somente massas. (N.T.)

toalha fúnebre de uma mesinha – nela os visitantes assinam, em sinal de solidariedade; depois, no último instante, para junto à entrada uma carruagem enorme, de madeira preta retinta, como a de um caixão pestilento, guarnecida por um baldaquino fúnebre, cujo babado retrata o céu, com estrelas brancas e enormes, e cujas quinas estão coroadas por penachos pretos encaracolados – penas de avestruzes do inferno; monstros gordos ficam atrelados à carruagem, em gualdrapas chifrudas da cor de carvão, com os anéis brancos ao redor das órbitas; na boleia infinitamente alta fica sentado um velho beberrão esperando o cortejo, também simbolicamente teso nos apetrechos de seu uniforme funerário, metido num chapéu de três pontas do mesmo estilo – deve ter sempre alguém que dê uma risadinha, de si para consigo, ao ouvir estas solenes palavras: "*Requiem aeternam dona eis, Domine, et lux perpetua luceat eis!*"[5] – já aqui, tudo é diferente.

Uma brisa sopra, do campo, ao longo da Rua do Mosteiro. Ao seu encontro, levam o caixão aberto, sobre panos, no qual balança o rosto cor de arroz com uma faixa colorida sobre a testa, acima das pálpebras fechadas e saltadas. Também assim a levaram.

Na saída da cidade, à esquerda da rodovia, está o mosteiro dos tempos de Aleksei Mikháilovitch,[6] protegido por um forte, com os portões sempre fechados e muros dignos de uma fortaleza, através dos quais brilham os rabanetes dourados das catedrais. Adiante, bem no campo, há um quadrado muito espaçoso, com outros muros, só que baixos: o arvoredo nele con-

5 "Deus, dai-lhe paz eterna e que a luz perpétua brilhe sobre ele", em latim. (N.T.)

6 Alekséi Mikháilovitch Románov (1692-1676) foi tzar da Rússia, pai de Pedro, o Grande. (N.T.)

tido é recortado por alamedas longas, ao longo das quais se distribuem cruzes e estátuas de diversos tipos, sob os olmos, as tílias e as bétulas antigas. Aqui o portão estava totalmente aberto e eu vi a alameda principal, plana, infinita. Timidamente tirei o chapéu e entrei. Que tarde e que mutismo! O quarto de lua detrás das árvores já estava baixo, porém, tudo ao redor estava claro, bastante visível para os olhos. Todo este arvoredo de mortos, de cruzes e estátuas matizava-se, multicor, na sombra transparente. Perto do alvorecer o vento cessou – as manchas claras e escuras, que ainda se coloriam sob as árvores, adormeciam. De repente, no arvoredo distante, através da igreja do cemitério, algo faiscou e, com rapidez ensandecida, como nuvenzinhas escuras, se arrastou até mim – eu, fora de mim, dei um salto e toda minha cabeça de imediato se gelifez, encolheu-se, o coração disparou e depois congelou... O que era aquilo? Passou como um relâmpago e se escondeu. Mas, no peito, o coração ficou assim, parado. E assim, com o coração imóvel, trazendo-o dentro de mim, qual cálice de amargura, eu segui adiante. Sabia para onde deveria ir, eu ia sempre em frente pela alameda – e bem no finalzinho dela, já a alguns passos do muro dos fundos, detive-me: diante de mim, num lugar plano, em meio ao mato seco, jazia, solitária, uma pedra alongada e bastante estreita, cuja cabeceira se apoiava no muro. Através dela, qual pedra preciosa, uma estrela baixa e verde olhava radiante, como aquela, anterior, porém muda, imóvel.

A beldade

Funcionário da câmara estatal, viúvo e idoso, ele se casou com uma jovem, filha de chefe militar – uma beldade. Ele era calado e modesto; ela, conhecedora de seu valor. Ele era magro e alto, tinha porte de tísico e usava óculos cor de iodo; sua voz era um tanto rouquenha e, caso desejasse falar algo um pouco mais alto, acabava saindo em falsete. Já ela não era grande, mas bem proporcionada e forte, andava sempre bem-vestida, era muito atenta nas funções domésticas e tinha olhar perscrutador. Ele parecia muito desinteressante em todos os sentidos, assim como a maioria dos funcionários públicos, só que, também no primeiro casamento, unira-se a outra beldade – todos ficavam de queixo caído: mas o que viam nele?

Todavia, eis que aquela segunda mulher bonita passou, calmamente, a odiar o filho de sete anos da primeira, agindo como se simplesmente não o notasse. Então, também o pai, por medo dela, fingia que não tinha nem nunca tivera um filho. E o garoto, vivo e carinhoso por natureza, na presença deles, começou a temer a pronúncia de uma palavra sequer, para depois se esconder por completo, tornando-se como que inexistente em casa.

Logo após o casamento, mudaram-no do quarto do pai para um sofazinho na sala, cômodo pequeno ao lado da copa, decorado com mobília de veludo azul. Mas seu sono era agitado e, toda noite, o lençol e o cobertor caíam no chão. Assim, não tardou para que a beldade dissesse à arrumadeira:

— Que horror! Ele vai acabar deixando o veludo todo roto! Faça a cama dele no chão, Nástia,[1] com aquele colchãozinho que eu mandei guardar no corredor, naquele baú grande da falecida.

E o menino, solitário de pai e mãe no mundo inteiro, começou uma vida inteiramente por si próprio, inteiramente à parte de toda a casa – inaudível, imperceptível, sempre igualzinha, dia após dia: resignado, sentava-se no canto da sala e desenhava casinhas no quadro negro; ou lia, em voz baixa, sílaba por sílaba, o mesmo livrinho com quadrinhos, comprado ainda no tempo da mamãe falecida; ou ainda, olhava pelas janelas... Ele dormia no chão, entre o divã e o vaso de palmeira. Ele mesmo fazia sua caminha à noite e ele mesmo arrumava e dobrava com afinco os lençóis, para levá-los ao baú da mamãe no corredor. Lá estão guardados todos os trequinhos que lhe restam.

---

1 Diminutivo de Anastássia. (N.T.)

A boba

O seminarista, filho do diácono, que chegara ao vilarejo de férias na casa dos pais, certa vez acordou durante uma noite escura e quente, vítima de brutal excitação corporal. Deitado, ardia-se ainda mais, imaginando: durante o dia, antes do almoço, detrás dos arbustos ribeirinhos, ele espiava como as camponesas chegavam da lavoura ao remanso do rio – arrancavam as camisas pela cabeça daqueles seus corpos suados, barulhentas, soltavam gargalhadas, levantavam os rostos, envergavam as colunas e se atiravam na água, que brilhava calidamente; depois, não se contendo, pôs-se em pé e esgueirou-se na escuridão, atravessando a cozinha, que estava um negrume quente, como num fogão em brasa, estendendo as mãos à sua frente, para apalpar o beliche no qual dormia a cozinheira, uma moça indigente, sem família, que era conhecida como "a boba", e ela, de medo, nem gritou. Desde então, ele esteve com ela todo o verão e colocou no mundo um menino que começou a crescer junto à mãe, na cozinha. O diácono, a diaconisa, o próprio padre e todos de sua casa, toda a família do vendeiro e o *uriádnik* e sua esposa, enfim, todos sabiam de quem era aquele menino, e o seminarista, chegando de férias, não podia nem vê-lo de raiva envergonhada de seu passado: estivera com a boba!

Quando terminou o curso – "um aluno brilhante!", como contou o diácono a todos – e antes de entrar para a academia, ele foi, novamente, à casa dos pais passar o verão e estes, logo no primeiro feriado, convidaram toda a gente para o chá para assim, na frente deles, orgulharem-se do futuro acadêmico. As visitas falavam sobre o seu futuro brilhante, bebiam chá, comiam tipos variados de frutas em calda e o diácono, feliz em meio à animada conversa, deu corda no gramofone, que começou a chiar e a gritar alto. Todos se calaram e, com sorrisos de satisfação, começaram a ouvir a música animada, chamada "Pela rua calçada",[1] quando, de repente, irrompe sala adentro, requebrando-se todo descompassado, o menino da cozinheira, para quem a mãe, pensando que todos se enterneciam por ele, cochichou, de boba: "Vai lá e se remexe, meu pequeno". Todos se desconcertaram diante do inesperado, ao passo que o filho do diácono, inflamado de raiva, atirou-se em cima dele à semelhança de um tigre, enxotando-o da sala com tal força que o garoto saiu rolando para o vestíbulo.

No outro dia, o diácono e a diaconisa, por exigência do filho, despediram a cozinheira. Eles eram pessoas boas, de coração grande, muito acostumados com ela, a quem se afeiçoaram pelo silêncio e obediência. Pediram ao filho que tivesse piedade, mas ele permaneceu inflexível e não ousaram negar-lhe ouvidos. À noite, a cozinheira, chorando baixinho, segurando numa mão sua trouxa e, na outra, a mãozinha do menino, abandonou a casa.

Depois disso, o verão inteiro ela vagou com ele pelas aldeias e pelos vilarejos, mendigando em nome de Cristo. Ela ficou cada vez mais puída e rota, escureceu-se ao vento e ao

---

1 Popular cancão russa. (N.T.)

sol, virou pele e osso, mas não esmorecia. Andava descalça, com um saco no ombro, apoiando-se num pau grande e comprido e, nos vilarejos e aldeias, reverenciava silenciosamente defronte cada isbá. O garoto vinha atrás, também com um saco no ombrinho, com as botas dela, que estavam endurecidas e gastas tais quais aqueles calçados rotos, que ficam jogados num canto qualquer, como num barranco.

Ele era um monstro. Tinha uma cabeçona chata revestida por uma penugem vermelha de porco selvagem, nariz achatado e olhinhos cor de nozes, muito brilhantes. Mas quando sorria, era bem engraçadinho.

Lobos

Trevas da noite quente de agosto, mal se veem as estrelas baças tremeluzindo, aqui e acolá, no céu nublado. No campo, a estrada suave e inaudível, pela densa poeira, na qual segue uma telega com dois jovens passageiros – uma *bárichnia* de uma pequena propriedade e um jovem ginasiano. Por vezes, as fulgurações nebulosas iluminam a parelha de cavalos sendeiros de crinas embaraçadas, arreios simples, que correm cadenciados enquanto, na boleia, um quepe e os ombros do rapagão de camisão em um instante irrompem campo afora, já baixo depois da época de colheita. Ao longe, um bosquezinho triste. Ontem à noite, na aldeia, ouviram uma barulheira, uma gritaria, latidos medrosos e ganidos: com atrevimento impressionante, quando nas isbás já jantavam, um lobo trucidou uma ovelha num terreiro e, por pouco, não a levou – com a ladraria dos cachorros, os mujiques apareceram bem a tempo, com porretes, e a arrancaram dele, quando ela já se estrebuchava toda, com um lado em frangalhos. Agora, a *bárichnia* gargalha nervosa, acende e joga fora os fósforos na escuridão, gritando com alegria:

— Que medo de lobo!

Os fósforos iluminam o rosto alongado e grosseiro do rapagão e o rostinho agitado e de zigomas protuberantes da jovem. Rechonchuda, com o lenço vermelho amarrado redondamente, à moda malo-russa,[1] ela usa um vestido de chita vermelha de decote folgado, que revela o pescoço roliço. Sacudindo com o ritmo da telega, ela acende e joga os fósforos na escuridão e como que não nota que o ginasiano a abraça e beija, ora no pescoço, ora na bochecha, procurando seus lábios. Ela o afasta com o cotovelo, e ele, tendo em mente o rapagão na boleia, fala com ela de propósito, em tom alto e simples:

— Devolve os fósforos. Depois não terei com que fumar.

— Já, já! — grita ela e, de novo, outro fósforo se acende, fulgura – e as trevas cegam, ainda mais densas, com o negrume cálido, no qual, ao que parece, tudo leva a crer que a pequena telega rola para trás. Finalmente, ela lhe cede um longo beijo nos lábios quando, de súbito, ambos são sacudidos por um solavanco, como se a telega esbarrasse em algo; o rapagão, num tranco, detém os cavalos.

— Lobo! — grita ele.

O clarão do incêndio longínquo golpeia os olhos, à direita. A telega está parada diante daquele bosquezinho, que se irrompe em fulgores. Devido ao clarão, tornara-se preto e todo ele agora trepida vacilante, tal como todo o campo à frente; no tremor vermelho, sombreado pelas chamas que se impelem avidamente ao céu, apesar da distância, ele arde com as sombras da fumaça que correm dentre as labaredas a justamente uma versta da telega, enfurecendo-se, cada vez mais quente e ameaçador, abarcando todo o horizonte, cada vez mais alto e amplo – parece que seu ardor já alcança o rosto, a mão e po-

---

1 Era costume, na Malo-Rússia (região que compreendia parte da Rússia europeia e da atual Ucrânia no Império Russo) amarrar os lenços ao redor da cabeça e abaixo do queixo. (N.T.)

de-se ver até a estrutura vermelha de um telhado que se queimara, sobre a escuridão da terra. Perto da mata fechada, acinzentando em tom escarlate, há três grandes lobos, em cujos olhos reluz um brilho ora férreo e transpassante, ora vermelho – transparente e claro, como calda de compota de cassis. E os cavalos, depois de ronquejarem com força, de súbito, num galope selvagem, desarvoram para o lado, tomando a esquerda, indo bem em meio à lavoura, enquanto o rapagão, rédeas em punho, tomba para trás e deixa a telega sacudindo entre um estalo e outro, colidindo com as leiras... No topo dos barrancos, os cavalos, mais uma vez, pinoteavam; porém, ela, num salto, conseguiu arrancar as rédeas das mãos do rapagão atoleimado. Então, num ímpeto, ela voou boleia adentro e cortou a bochecha em algo de ferro. Assim ficou, para toda a vida, uma suave cicatriz no canto da sua boca e, quando lhe perguntavam do que era, ela com prazer, sorria:

— Ah, são feitos de dias há muito passados![2] — falava, lembrando-se daquele verão longínquo, dos dias secos de agosto e das noites escuras, da debulha na eira, dos montes de palha cheirosa e fresca e do ginasiano de barba por fazer, com quem ela se deitava nas medas de palha, ao entardecer, olhando os arcos instantâneos e iluminados das estrelas cadentes. — Os lobos se assustaram, os cavalos dispararam — dizia ela. — E eu era ardente, impetuosa e logo me atirei para parar os cavalos... Aqueles a quem ela ainda muitas vezes amou na vida falavam que não havia nada mais encantador do que aquela cicatriz, parecida com um leve e permanente sorriso.

2 Trecho do poema de Aleksandr Púchkin, *Ruslán e Liudmila*. (N.T.)

Tânia[1]

Ela era arrumadeira na casa de uma parenta dele, Kazakova, senhora de uma pequena propriedade. Tinha dezessete anos e estatura baixa, o que era particularmente visível quando ela andava descalça ou de *válienki*, no inverno, sacudindo levemente a saia e com os pequenos peitos um tanto empinados sob uma blusinha; seu rosto simplório era somente gracioso, enquanto os olhos cinzas de camponesa eram belos apenas devido à juventude. Naquela época longínqua, ele se desgastava de modo especialmente inconsequente: levava a vida perambulando, tinha muitos encontros amorosos e relações fortuitas – e também de maneira fortuita levou a relação com ela...

Ela logo se resignou com aquela fatalidade impressionante que lhe ocorrera, de alguma forma e de repente, numa noite de outono. Chorou por alguns dias, porém, a cada dia, tanto mais se convencia de que o que acontecera não fora uma desgraça, mas sim uma felicidade; de que, para ela, ele se tornava cada vez mais seu bem-querer; nos momentos de intimidade, que logo começaram a se repetir, cada vez com mais frequência, ela já o tratava por Petrúcha[2] e falava sobre aquela

1 Diminutivo de Tatiana, tratamento informal. (N.T.)

2 Diminutivo carinhoso e íntimo de Piotr. (N.T.)

noite como se falasse de um passado adorado, especial para ambos.

Ele, no começo, acreditava e duvidava:

— É verdade mesmo que, naquela noite, você não estava fingindo que dormia?

Mas ela apenas arregalava os olhos:

— Então será que o senhor não percebeu mesmo que eu estava dormindo? Será que não sabe como o povo da aldeia dorme?

— Se eu soubesse que estava dormindo de verdade eu não teria te tocado por nada neste mundo!

— Pois eu fiquei sem sentir nada, nadica, até quase o último segundinho! Só... de onde é que o senhor tirou de me procurar? Chegou e nem me olhou, de noite é que foi perguntar: "Então não faz muito tempo que começou nesse serviço...? Parece que é Tânia o seu nome...". E, depois, o senhor sempre me olhou como se não me visse. Então, estava fingindo, é?

Ele respondia que claro, estava fingindo, mas mentia: tudo também lhe ocorrera de forma totalmente inesperada.

Passou o começo do outono na Crimeia e, no caminho de volta para Moscou, visitou Kazakóva, ficando umas duas semanas na simplicidade tranquila de sua propriedade, daqueles dias breves de começo de novembro, e já estava prestes a partir. Naquele dia, para despedir-se do campo, ele andou a cavalo de manhã cedinho até a noite, com um galgo e uma espingarda nos ombros, transitando pelos campos vazios e capões nus; jantou uma frigideira de almôndegas com creme de leite, bebeu uma garrafa de vodca e alguns copos de chá, enquanto Kazakóva, como sempre, falava de seu falecido marido e de seus dois filhos, que serviam em Oriol. Em torno das dez, a casa, como sempre, já estava escura – ardia apenas uma vela, a do gabinete atrás da sala de visitas, onde ele ficava, quando estava por lá. Quando o adentrou, ela estava ajoelhada sobre seus lençóis, no divã, com uma vela na mão, passando seu lume quente na parede de troncos. Ao vê-lo, ela meteu a vela na mesinha de cabeceira e, num salto, atirou-se para fora.

— Que é isso? — disse ele, pasmado. — Espere aí, o que estava fazendo?

— Estava queimando um percevejo — respondeu ela rápida, a meia-voz. — Comecei a endireitar a cama para o senhor e, quando vejo, tem um percevejo na parede...

E, dando uma risada, saiu.

Ele seguiu-a com o olhar. Tiradas somente as botas, sem, no entanto, se despir, recostou-se no divã, certo de que fumaria mais um pouco e por algum tempo pensaria em qualquer coisa – deitar-se às dez horas era estranho – e imediatamente adormeceu. Por um minuto acordou, preocupando-se em sonho com a chama tremeluzente da vela, assoprou-a e dormiu novamente. Quando de novo abriu os olhos, a noite enluarada de outono reinava deserta, esplêndida na solidão, através das duas janelas defronte ao pátio e da janela lateral, em frente ao pomar, que estava repleto de luz. Na penumbra, ele encontrou suas chinelas próximas ao divã e dirigiu-se para o vestíbulo contíguo ao gabinete, para sair na entrada de serviço – esqueceram-se de deixar-lhe os utensílios para as necessidades da noite. Mas como a porta do vestíbulo dos fundos estava trancada pelo lado de fora com o ferrolho, ele atravessou toda a casa, misteriosamente clareada pelo pátio enluarado, buscando a entrada principal. Ia até lá pelo vestíbulo principal e por um pequeno espaço de troncos, colado à porta. No vestíbulo, bem em frente a uma janela alta, um tabique se erguia sobre um velho baú, atrás do qual havia um cômodo sem janelas, onde sempre ficavam as arrumadeiras. A porta do tabique estava entreaberta e, atrás dela, estava escuro. Ele acendeu um fósforo e a encontrou dormindo. Ela estava deitada de costas numa cama de madeira, só de saiote de baetilha e camisa – debaixo dela, arredondavam-se seus peitos pequenos, o rosto deitava-se no travesseiro, as pernas nuas estavam despidas até o joelho e o braço direito, largado contra a parede – parecia uma morta... O fósforo apagou. Ele esperou mais um pouco e cuidadosamente, aproximou-se da cama...

Ao sair pela porta principal, ele pensou, febril: "Que estranho, que inesperado! E será que é mesmo verdade que ela estava dormindo?".

E permaneceu em pé, junto à entrada, depois seguiu para o pátio... E esta noite também está um tanto estranha. O pátio amplo, deserto, iluminado com o clarão da lua alta.

O curral e a cocheira ficavam defronte ao barracão, que era coberto com uma palha velha e petrificada. Atrás de seus telhados, no firmamento ao norte, as nuvens misteriosas da noite se disseminam vagarosamente, como montanhas mortas de neve. Elas pairam sobre sua cabeça, brancas e leves, assim como a lua cheia, que, das alturas, lacrimeja qual brilhante, saindo vez ou outra para as clareiras de azul escuro, para as profundezas estreladas do céu, iluminando assim os telhados e o pátio, como se fosse ainda mais luzidia. E tudo ao redor é um tanto estranho na sua existência noturna, alheio a tudo o que é humano, brilhando à toa. E é estranho ainda porque é como se ele visse pela primeira vez todo este mundo noturno, enluarado, de outono.

Ele se sentou perto da cocheira, no estribo da caleça, todo respingado de lama ressequida. Fazia um calor de outono, cheirava a pomar de outono, a noite triunfava, serena e magnânima, e de uma maneira impressionante, ligava-se àqueles sentimentos, que ele levara consigo daquela relação inesperada com um ser feminino meio infantil...

Ao cair em si, ela, quietinha, desfez-se em lágrimas, como se só naquele instante compreendesse o que ocorrera. É como se alguma coisa tivesse acontecido, mas, e se não for isso, e se algo aconteceu mesmo? Todo o seu corpo cedia a si próprio, como se não tivesse vida. De início, ele tentou acordá-la, à meia-voz: "Escuta, não tenha medo...". Ela nem ouviu nem fingiu que não ouvia. Ele, cuidadoso, deu-lhe um beijo na bochecha quente – de maneira nenhuma ela correspondeu e ele pensou que, ao calar-se, ela tudo lhe consentia, que, depois disso, era permitido prosseguir. Ele apartou suas pernas, de uma calidez quente e macia – ela só suspirou em sonho, espreguiçou-se levemente e atirou as mãos para trás da cabeça...

— E se não houve fingimento? — pensou ele, levantando-se do estribo, olhando a noite, alvoroçado.

Quando ela chorou, com amargor e tristeza, ele, com um sentimento não apenas de gratidão animalesca por aquela felicidade inesperada que ela inconscientemente lhe dera, mas também de êxtase, de amor, começou a beijar-lhe o pescoço, o seio e tudo cheirava, de maneira inebriante, a algo de pastoril, algo de camponesa pura. E ela, soluçando, respondeu-lhe de súbito, com um acesso inconsciente de mulher – abraçou-lhe a cabeça contra si, firme e como que também agradecida.

Quem ele era, ela ainda não compreendera naquela sonolência, mas isso tanto fazia – ele era aquele com quem ela, num dado tempo, deveria ter se unido pela primeira vez, na intimidade mais secreta e mortalmente ditosa. Tal intimidade, recíproca, ocorrera e já mais nada no mundo poderia anulá-la, ele a levaria dentro de si para a eternidade, e eis que esta noite singular recebe os dois, com esta proximidade, em seu reino claro e incompreensível...

Como ele podia, ao ir embora, lembrar-se dela apenas por acaso, esquecer sua vozinha especial e cândida, seus olhos ora alegres, ora tristes, mas sempre amantes, sempre leais? Como ele podia amar outras e dar a algumas delas muito mais importância do que a ela?

No outro dia, ela servia sem levantar os olhos. Kazakova perguntou:

— Por que é que está assim, Tânia?

Docilmente ela respondeu:

— É tanta desgraça nessa vida, senhora...

Kazakova disse a ele, quando ela saiu:

— Mas, não é para menos: é órfã, não tem mãe, o pai é um miserável, um camponês malandro...

Ao entardecer, quando ela montava o samovar junto à entrada, ele lhe disse, ao passar:

— Não pense bobagem, faz tempo que eu me enamorei de você. Deixe disso, não chore, não se mortifique, isso não ajuda em nada...

Ela respondeu baixinho, pestanejando as lágrimas e enfiando cavaco em brasa no samovar:

— Se tivesse enamorado de verdade, tudo seria um pouco mais fácil, senhor...

Depois ela começou a dar-lhe espiadelas, como se, timidamente, perguntasse com o olhar: é verdade aquilo que disse?

Certa vez, à tarde, quando ela ia arrumar a cama dele, ele chegou-se a ela e abraçou-a pelos ombros. Ela olhou-o assustada e, ruborizando-se toda, cochichou:

— Pelo Santíssimo, me larga! Se a velha pega nós aqui...

— Que velha?

— Ah, a velha, a velha arrumadeira, como se o senhor não soubesse!

— Esta noite eu vou até seu quarto...

Isso como que a fez pegar fogo – no começo, a velha a enchia de pavor:

— Mas como? O que é que é isso? Ai! Eu vou perder a cabeça de tanto medo!

— Então não, esqueça, não fique com medo, eu não vou mais — disse ele, apressado.

Ela agora servia como anteriormente, rápida e prestativa, voltou a passar como um pé de vento do pátio para a cozinha, igual antes e, às vezes, quando achava um momento apropriado, já lhe endereçava olhares felizes, um pouco sem jeito. Certa vez, pela manhã, antes de clarear, quando ele ainda dormia, enviaram-na à cidade para fazer compras. No almoço, Kazakova disse:

— Que fazer? Mandei o administrador e os empregados para o moinho, não há quem busque Tânia na estação. Será que você não poderia ir?

Ele, contendo a felicidade, respondeu com desinteresse fingido:

— Pois não, irei com gosto dar uma passeada.

A velha, que servia a mesa, resmungou:

— A troco de que quer fazer a menina ficar encabulada, patroa? Depois disso, o que é que não vão começar a falar dela lá na aldeia?

— Então vai você mesma — disse Kazakova. — Quer o quê? Que ela venha a pé da estação?

Perto das quatro ele saiu num charabã puxado por uma égua velha, alta e preta e, temendo se atrasar, fê-la correr a rédeas soltas, sacudindo sobre os pedaços de lama congelada na estrada oleosa, que se derretera e agora se congelara – os últimos dias haviam sido úmidos, nebulosos, de tal maneira que, naquele dia, a neblina estava particularmente densa: quando ele ainda passava pela aldeia, parecia que a noite já caía e, nas isbás, já se viam luzes de um vermelho esfumaçado, um pouco plúmbeas devido à cor acinzentada da cerração. Mais adiante, no campo, ficou quase totalmente escuro e já indevassável de tanta neblina. Ao seu encontro soprava um vento frio e uma névoa úmida. Mas o vento não dispersou o nevoeiro; ao contrário, adensava ainda mais sua fumaça fria, de um escuro-acinzentado, e fazia sufocar com sua umidade perfumada, parecendo que atrás de sua insondabilidade havia o nada – que logo era o fim do mundo e de tudo o que era vivo. O quepe, a *tchúika*, as pestanas, o bigode, tudo se ornava de miçangas úmidas e diminutas. A égua negra corria num galope largo, o charabã, sacudindo sobre os murunduns de lama gelificada, escorregadios, batia-lhe no peito.

Ele se ajeitou e acendeu um cigarro – doce, perfumado, quente; a fumaça humana do cigarro misturava-se com o cheiro primitivo da neblina, do outono avançado, do campo nu e úmido. Cada vez mais escurecia, cada vez mais tudo ao redor, acima e abaixo se cobria de sombras – quase não se via o pescoço longo e enegrecido da égua, suas orelhas inquietas. E, cada vez mais, fortalecia-se o sentimento de intimidade com aquele animal – o único ser vivo nesse deserto, na animosidade morta de tudo aquilo que há à esquerda e à direita, à frente e atrás e que é desconhecido, que está escondido de forma tão sinistra naquela escuridão fumacenta, cada vez mais densa e escura, que corria ao seu encontro...

Quando ele adentrou o povoado da estação, invadiu-lhe a fruição da moradia, das luzes sofridas em janelinhas miseráveis, de seu terno aconchego, enquanto, na estação, tudo já parecia inteiramente um outro mundo, vivo, animado, citadino. E nem deu tempo de prender a égua, já que, apitando, o trem cintilava com suas luzes claras plataforma adentro, inundando-a com o cheiro de enxofre do carvão mineral. Ele correu rumo à estação com tal sentimento – como se estivesse à espera de sua jovem esposa, e a viu de imediato, vestida à moda da cidade, nas portas que deixavam a plataforma, seguindo o guarda da estação, que carregava dois pacotes de compras: a estação estava lamacenta, fedia à querosene das lamparinas que a iluminavam parcamente, e ela cintilava com seus olhos agitados, com a juventude de seu rosto perturbado pelo incomum de uma viagem, enquanto o guarda falava algo à "senhora". De repente, seus olhares se cruzaram e ela quase parou de embaraço: "Mas o que é isso? Por que é que ele está aqui?".

— Tânia — disse ele, apressado — olá, eu vim buscá-la, não tinha quem viesse...

Haveria para ela outra noite tão feliz quanto aquela?

Ele mesmo veio me buscar e eu venho da cidade, estou arrumada e tão bonita que ele nem podia imaginar, pois me vê sempre de saiote velho, de blusa simplesinha de chita, meu rosto está como o de uma modista, num lencinho branco de seda, eu estou de vestido de lã marrom, novo, casaquinho de feltro, meias-calças de baetilha branca e uma botina nova, ferrada com cobre! Inteira tremendo por dentro, ela começou a falar com ele com aquele tom que se usa para com as visitas e, mantendo a barra do vestido soerguida, seguiu-o com passos miúdos de dama, surpreendendo-se com ar de superioridade: "Oh, Deus, como aqui está escorregando! Que imundície que esses mujiques fizeram!". Inteira congelada por um medo feliz, ela ergueu ainda mais o vestido sobre a saia de baixo, de percal branco, para assim sentar-se sobre ela, mas não sobre o vestido; entrou no charabã e se sentou ao lado dele, como se a ele fosse igual e, de um jeito desajeitado, encolheu-se por causa dos pacotes junto às suas pernas.

Calado, ele tocou o cavalo, fazendo-o galopar na escuridão gélida da noite e da neblina, pelas luzes que, aqui e acolá, piscavam nas isbás, pelos buracos daquela estrada rural e torturante de novembro, ao passo que ela não ousava proferir palavra, atemorizando-se com seu silêncio: será que ele está zangado? Isso ele percebia e calava-se propositadamente. E, de repente, depois de deixar a aldeia e mergulhar na escuridão absoluta, ele diminuiu o passo, pegou as rédeas com a mão esquerda e, com a direita, estreitou junto a si o ombro dela, de casaquinho coberto de miçangas úmidas e geladas, balbuciando e rindo:

— Tânia, Tânietchka...[3]

---

3 Diminutivo carinhoso de Tatiana. (N.T.)

E ela se arrojou inteira para ele, comprimindo o lenço de seda contra a bochecha dele, comprimindo seu rosto meigo e incendiado, suas pestanas repletas de lágrimas quentes. Ele encontrou seus lábios úmidos de gotas de alegria e, depois que parou o cavalo, por muito tempo não conseguiu se desvencilhar deles. Depois, como um cego, sem ver um palmo adiante do nariz naquela escuridão nebulosa, ele saiu da caleça, jogou a *tchúika* na terra e puxou-a para si, pela manga. Compreendendo tudo de imediato, ela logo saltou em direção a ele e, com desvelo rápido, levantou toda a sua roupa especial, o vestido novo e a saia, deitou-se às palpadelas na *tchúika*, entregando-lhe eternamente não apenas todo o seu corpo, agora já propriedade inteiramente dele, mas também toda a sua alma.

Ele novamente atrasou sua partida.

Ela sabia que era por causa dela, ela via como ele era carinhoso, já falava com ela como se fosse íntima, especial, como se fosse a sua querida na casa, e ela parou de sentir medo, seu peito parou de palpitar como palpitava no começo, quando ele se aproximava dela. Ele ficou mais calmo e simples nos momentos amorosos – ela se ajustou a isso rapidamente. Toda ela se mudara, com tamanha rapidez, da qual só a juventude é capaz – tornou-se equilibrada, vivendo numa felicidade despreocupada; já o chamava facilmente de Petrúcha e, por vezes, chegava até a fingir, como se ele a atazanasse com seus beijos: "Ah! Deus! Não tem jeito mesmo de passar pelo senhor, não é? É só me ver sozinha e pronto: vem cá comigo!" – e isso proporcionava a ela uma alegria particular: se eu posso falar com ele assim, então ele me ama, então ele é todinho meu! E havia mais uma felicidade: a de revelar a ele seu ciúme, o seu direito sobre ele:

— Graças a Deus não tem serviço nenhum na eira! Porque o senhor ia ver só se se engraçasse com as meninas, viu?

E acrescentava, ficando repentinamente confusa, com a tentativa tocante de um sorriso:

— Ou só eu é pouco para o senhor?

O inverno despontou cedo. Depois das neblinas, soprou um vento gelado do norte, que forjou os murundus de lama oleosa: petrificou a terra, queimou o último mato do jardim e do pátio. Chegaram umas nuvens plúmbeas, esbranquiçadas, o pomar ficou completamente desnudo, rumorejando agitado, às pressas, como se fugisse para algum lugar. À noite, a metade branca da lua mergulhava nas nuvens de nimbo.

A propriedade e a aldeia pareciam desesperançosamente pobres e grosseiras. Depois, começou a neviscar, branqueando a lama congelada, qual açúcar de confeiteiro, e a propriedade, assim como os campos dela vistos, tornaram-se branco-acinzentados, vastíssimos. Na aldeia terminavam o último preparativo do inverno – armazenavam as batatas nos porões: escolhiam-nas e desprezavam as podres. Certa feita, ele foi passear pela aldeia, enfiado numa *podióvka* de pele de raposa e num chapéu de pele. O vento nórdico agitava seu bigode, queimava suas bochechas. Sobre tudo pendia o céu soturno; o campo branco-acinzentado, na vertente do rio, parecia muito próximo. Na aldeia, no chão, junto às soleiras, deitavam estopas com pilhas de batatas. Nas estopas sentavam-se, trabalhando, as camponesas – mães e moças, cobertas por xales de cânhamo –, agasalhos rasgados, *válienki* rotas, rostos e mãos violáceos – com pavor, ele pensou: e, debaixo das saias, as pernas estão completamente nuas!

Quando ele chegou à casa, ela estava no vestíbulo, limpando com um trapo o samovar fumegante, a fim de levá-lo para a mesa, e murmurou imediatamente:

— Ah, é o senhor. Estava pela aldeia, é? As meninas estão escolhendo batatas... Pois não... Passeia, passeia, escolhe o senhor uma melhor!

E, contendo as lágrimas, correu para o espaço de madeiro. À noite, a neve caiu pesada, pesada. E, na sala, passando ligeira em frente a ele, ela olhou-o com alegria infantil e incontida e, provocando-o, cochichou:

— E então? Que tal passear agora, com esta neve toda? E isso ainda não é nada, viu? Os cachorros estão que se rolam por todo o pátio – vai é cair uma tempestade daquelas! Não vai dar para botar nem o nariz para fora!

"Meu Senhor!", pensou ele, "como é que eu vou dizer para ela que logo, logo eu vou embora?"

E ele começou a desejar ardentemente e o quanto antes estar em Moscou. O frio, a nevasca na praça,[4] defronte à Íverskaia,[5] os charutos de repolho ao vapor, os sininhos dos cavalos balbuciando, a luz elétrica comprida dos postes da Tverskáia,[6] em meio aos torvelinhos de neve... No Bolchói de Moscou os lustres cintilam, transborda a música de corda, e lá está ele, largando o sobretudo de pele nas mãos dos porteiros, limpando com um lenço os bigodes úmidos de neve e, como de costume, adentrando, animado, a sala aquecida e apinhada de gente, o burbu-

4 Referência à Praça Vermelha. (N.T.)

5 Referência à Capela da Virgem de Íverskaia, na Praça Vermelha. Desde o século XVII, tratava-se da capela mais querida dos moscovitas. (N.T.)

6 Avenida central de Moscou. (N.T.)

rinho, o cheiro de comida e cigarro, a correria dos serviçais e das ondas das cordas que vibravam, ora com uma lânguida libertinagem, ora com uma farra tempestuosa, tudo cobrindo...

O jantar inteiro ele não conseguiu levantar os olhos para sua correria despreocupada, para seu rosto tranquilizado.

Tarde da noite ele calçou as *válienki*, enfiou-se no gorro de pele e no velho casaco de pele de quati do finado Kazakóv e saiu pela porta dos fundos, indo de encontro à nevasca. Mas, logo abaixo da cobertura da porta, já se acumulara tamanho e tão alto monte de neve que ele topou-lhe em cheio, as mangas inteiras se estufaram de neve; mais adiante, era o verdadeiro inferno de fúria branca que soprava. Ele, com dificuldade, afundando-se todo, circundou a casa, conseguiu chegar à porta principal e, batendo os pés e se sacudindo, correu para dentro do vestíbulo escuro de troncos, que assoviava com a tempestade, depois entrou no vestíbulo aquecido, onde uma vela ardia sobre o baú. De detrás do tabique, descalça, no mesmo saiotinho de baetilha e espalmando as mãos na cabeça, ela irrompe:

— Virgem Santa! Mas da onde é que você vem?!

Ele jogou no baú o casaco e o chapéu, salpicando-o de neve, e, num arroubo ensandecido de ternura, pegou-a no colo. Num igual arroubo ela lhe escapou, pegou uma vassoura e começou a batê-la em suas *válienki* brancas de neve e a puxá-las de seu pé:

— Virgem Santa! E aqui também está tudo cheio de neve! O patrão vai pegar uma gripe de matar!

À noite, durante o sono, ele de quando em vez ouvia um barulho cadenciado com uma pressão permanente contra a casa, depois, um vento tempestuoso e a neve, salpicando tagarela nas persianas, balançando-as – acumulando-se e caindo, separando-

-se da casa, e um barulho sonífero... A noite parece infinita e doce – o calor da cama, o calor da casa antiga, só, na escuridão branca do mar de neve que sopra...

De manhã parecia que aquele vento noturno com estalos havia escancarado as persianas, que batiam contra a parede – ele abriu os olhos – não, já está claro. De todos os lados, pelas janelas lacradas de gelo, olhava uma alvura branca, branquinha, acumulada bem até os peitoris e, no teto, resplandecia seu reflexo alvo. Tudo ainda está rumorejando, venta, porém de um jeito já mais quieto, mais matinal. Da cabeceira do divã viam-se, logo em frente, duas janelas com caixilho duplo, escurecido pelo tempo; a terceira janela, que ficava à esquerda da cabeceira, é o que há de mais branco e iluminado. No teto o reflexo branco permanece e, ao canto, tremelica a tampa da estufa de lenha; o fogo começa a arder, batendo e assoviando – que bom que ele ficou dormindo, sem ouvir nadica de nada, enquanto Tânia, Tânietchka, leal, amada, abriu as persianas, depois entrou, quietinha, de *válienki*, toda gelada, com neve nos ombros e na cabeça, coberta por um xale de cânhamo e, pondo-se de joelhos, acendeu-o. Ele nem teve tempo de pensar quando ela entrara com uma bandeja com chá, já sem lenço. Com um sorriso quase imperceptível nos olhos, ela deu uma espiadela, colocou a bandeja sobre a mesinha junto à cabeceira, defronte ao olhar matinalmente nítido, como que impressionado com um sonho:

— Mas por que é que tanto dorme, patrão?

— Que horas são?

Ela olhou no relógio sobre a mesinha e não respondeu de pronto – até agora ela ainda não conseguia ler as horas de imediato:

— Nove... Faltam dez minutos para as nove...

Espiando a porta, ele a puxou para si pela saia. Ela apartou-se dele, afastando-lhe a mão:

— Não, não, mas de jeito maneira! Todos já estão de pé...

— Ah... só um minutinho!

— Se a velha entra...

— Ninguém vai entrar – só um minutinho!

— Ai, que sina a minha!

Tirando rapidamente um pé após o outro das *válienki*, de meia de lã, ela se deitou, ressabiada, sem tirar os olhos da porta... Ah, este cheiro camponês de sua cabeça, sua respiração, o friozinho de maçã das suas bochechas! Zangado, ele soltou um muxoxo:

— E você, de novo, beijando com a boca fechada! Quando que vou te ensinar a parar com isso?

— É que eu não sou *bárichnia*... Espera aí, vou deitar mais para baixo... Mas, anda, anda que estou morrendo de medo.

E eles mantiveram os olhos fitos uns nos outros – expectantes e insensatos.

— Petrúcha...

— Quieta. Mas por que você sempre falas nestas horas?

— Mas quando é que eu posso falar com o senhor se não for nestas horas? Eu não vou mais fechar a boca... Jura, não tem ninguém em Moscou...?

— Não me lace assim, pelo pescoço.

— Ninguém, na vida, vai amar tanto o patrão. O senhor se apaixonou por mim, agora parece que eu mesma me apaixonei por mim, já não canso mais de mim... Mas se o senhor me largar...

Foi com o rosto ainda quente que ela se apressou até o vestíbulo da entrada de serviço e de lá para a nevasca. Parando, sentou-se por um instante para, em seguida, correr feito um pé de vento para a porta principal, indo de encontro à ventania branca.

No vestíbulo principal cheirava a samovar. A arrumadeira velha, sentando-se no baú debaixo da janela alta e coberta de neve, sugava de um pratinho e, sem deixá-lo, olhou-a de viés:

— Mas por onde é que estava andando? Tem neve da cabeça aos pés!

— Fui servir chá pro Piotr Nikoláitch.[7]

— Ah, chá? E onde? Lá na criadagem, é? — Pois sim, a gente sabe bem que chá é o teu!

— Então, se sabe, faz bom proveito. A patroa já acordou?

— E já não era tempo? Já sim. E antes de você.

— E a senhora... Zangando com tudo!

E, depois de inspirar, feliz, ela foi para trás do tabique pegar sua xícara e, quase inaudível, lá começou a cantar:

Ah! Assim que eu sair pro jardim
Pro jardim verdinho, verdinho...
E encontrar o meu docinho...
E ouvir o meu benzinho...

Durante o dia, sentado no gabinete com um livro, ouvindo aquele mesmo barulho de sempre, que ora enfraquecia, ora crescia, ameaçador, rondando a casa, que cada vez mais se afundava num mar de neve, que soprava sempre e por todos

---

7 Corruptela de Nikoláievitch. (N.T.)

os lados aquela brancura cor de leite, ele decidira: assim que o tempo melhorar, eu parto.

À noite, ele arranjou um tempinho para pedir a ela que fosse ter com ele mais tarde, quando a casa dormia um sono profundo – e pedir que ficasse a madrugada inteira, até o amanhecer. Ela meneou a cabeça, pensou um pouco e disse: está bem. Isso era mais amedrontador e, por isso mesmo, mais doce.

Também ele sentia o mesmo. E algo ainda o incomodava: a pena dela, que não sabe que esta é a última noite dos dois!

À noite, ora ele adormecia, ora acordava, sobressaltado: será que ela virá? A escuridão da casa, o barulho ao redor desta escuridão, as persianas sacudindo, ora ou outra um uivo ganindo da estufa... De súbito, ele acordou em pânico: não ouvira nadica mesmo – ouvi-la, naquele cuidado criminoso com que ela se esgueirava pela casa em meio à escuridão densa, não era possível – ele não a ouvira, mas sentira que ela, invisível, já estava ao lado do divã. Ele estendeu os braços. Quieta, ela mergulhou no cobertor até ele – que ouvia como batia seu coração, sentia aqueles pés descalços e gelados e cochichava-lhe as palavras mais ardentes que se podia encontrar e pronunciar.

Assim ficaram deitados por muito tempo, peito a peito, beijando-se com tal fervor que lhes doíam os dentes. Ela se lembrava que ele a mandara não cerrar a boca e, tentando agradá-lo, mantinha-a aberta, como uma gralhinha.

— Decerto não dormiu nada, né?

Ela respondeu-lhe com um murmúrio alegre:

— Nenhum minutinho. Fiquei só esperando...

Às apalpadelas, ele achou os fósforos sobre a mesinha e acendeu a vela. Ela, em pânico, exclamou:

— Petrucha, o que é que o senhor está fazendo? Vai que a velha acorda, vê a luz...

— Pros diabos com ela! — disse ele, olhando seu rostinho avermelhado. — Pros diabos com ela que eu quero te ver...

Depois de possuí-la, ele não desprendia dela seus olhos. Sussurrou:

— Eu estou é com medo — por que está me olhando assim, hein?

— Porque não existe nada melhor que ti neste mundo. E esta cabecinha com esta trancinha ao redor... igual à da Vênus mocinha.

Os olhos dela se acenderam com a alegria de um riso:

— Que tal de Vênus é essa?

— É uma que tem por aí... E essa camisolinha...

— Pois o patrão me compre uma de chita... É verdade? O senhor me ama mesmo muito, de verdade?

— Não amo, não, nem um pouquinho. E, de novo, você está cheirando alguma coisa que não é bem codorna, nem cânhamo seco...

— E por causa de quê que o patrão gosta disso? Bem que o senhor disse que eu sempre falo nessas horas... mas agora... é o senhor quem está falando...

Ela começou a comprimi-lo cada vez mais forte contra si, ainda queria falar algo mais, só que já não podia...

Depois, ele apagou a vela e ficou deitado por um longo tempo, calado, fumando e pensando: "Mas, ainda assim, preciso falar, que terrível, mas preciso!". E, quase inaudível, começou:

— Tânietchka...

— Quê? — perguntou ela, de forma também misteriosa...

— É que eu tenho que ir...

Ela até se soergueu:

— Quando?

— Logo, logo, apesar de tudo... Daqui a pouco tempo... Eu tenho assuntos inadiáveis a tratar...

Ela caiu no travesseiro:

— Meu Deus!

Alguns assuntos dele, lá, em algum lugar, numa tal de Moscou, incutiram nela algo semelhante a veneração. Mas como, como, ainda assim, separar-se dele por causa dessas coisas? E ela se calou, vasculhando na mente, impotente e rápida, uma saída para aquele terror insolúvel. Não havia saída. Queria gritar: "Leva eu junto!", mas não ousou – e isso lá era possível?

— Eu não consigo viver a vida toda aqui, não...

Ela ouvia e concordava: é, é...

— E também, não tem como eu te levar comigo...

Ela subitamente pronunciou, em desespero:

— Por quê?

Ele rapidamente pensou: "É... por quê, por quê?" E respondeu, com pressa:

— Eu não tenho casa, Tânia, a vida inteira eu estou sempre indo de um lugar para outro... Em Moscou eu vivo num quarto... E nunca me casarei com ninguém...

— Por causa de quê?

— Por que eu já nasci assim.

— E nunca vai casar com ninguém?

— Com ninguém, nunca! Palavra de honra, eu preciso mesmo ir, juro por Deus, são assuntos muito importantes e inadiáveis. Venho sem falta para o Natal!

Ela recostou a cabeça nele, deitou-se um pouco mais, deixando gotejar nas mãos dele lágrimas quentes. Murmurou:

— Bom, eu já vou... Logo vai clarear... — E, levantando-se, pôs-se a abençoá-lo na escuridão:

— Nossa Senhora, guarda! Mãe Santíssima, guarda, protege!

Chegando ao seu quarto, atrás do tabique, ela sentou-se na cama e, apertando as mãos contra o peito, lambendo as lágrimas dos lábios, começou a sussurrar, ao rumor da nevasca no vestíbulo de troncos:

— Pai querido e misericordioso! Mãe Santíssima! Deixa, Senhor, que a nevasca dure pelo menos mais uns dois dias!

Dali a dois dias ele partia – no pátio ainda sopravam turbilhões, que apenas começavam a amainar, mas ele não pôde mais prolongar o tormento secreto seu e dela, sem ceder às insistências de Kazakóva de esperar, ao menos, até o dia seguinte.

A casa e, com ela, toda a propriedade, se esvaziaram, morreram. Não havia possibilidade alguma de imaginar Moscou, de imaginá-lo nela, de imaginar a vida dele lá e aqueles certos assuntos.

Ele não veio para o Natal. Que dias foram aqueles!

Em que martírio de espera insolúvel o tempo não corria? Enquanto a manhã se tornava noite, em que fingimento miserável para si mesma ela não vivia, como se não houvesse espera alguma! E, por todo o *Sviátki*, ela andou com seu melhor traje – aquele vestido e aquelas botinas de quando ele a encontrou no outono, na estação, naquela noite inesquecível. Na epifania ela, por algum motivo, acreditava piamente que já, já, apareceria no pé do morro um trenó de camponês que ele pegaria na estação, sem, contudo, mandar uma carta pedindo que os cavalos fossem buscá-lo – o dia todo ela não saiu do baú junto à entrada, olhando o pátio até os olhos doerem. A casa estava vazia – Kazakova fora visitar os vizinhos, a velha almoçava lá na criadagem e lá ficou depois do almoço também, entretendo-se com as maledicências da cozinheira. E ela nem mesmo foi almoçar, disse que estava com a barriga doendo... Mas começou a entardecer. Ela olhou mais uma vez para o pátio deserto, coberto por uma camada de gelo brilhante e se levantou, ao dizer consigo mesma, firmemente: "É o fim! Eu não preciso mais de ninguém mesmo, eu não quero esperar é mais nada!" – e, arrumada, caminhou a passos de passeio por uma sala, depois por outra, à luz do crepúsculo hibernal e amarelo que se deitava das janelas, pondo-se a cantarolar, num tom alto e despreocupado, com o alívio da vida que finda:

> Ah! Assim que eu sair pro jardinzinho
> Pro jardim verdinho, verdinho...
> E encontrar o meu docinho...
> E ouvir o meu benzinho...

E, bem quando falava do benzinho, ela adentrou o gabinete, apercebendo o divã vazio, a poltrona vazia junto à escrivaninha onde, outrora, ele se sentava com um livro nas mãos, e deixou-se nela cair, cedendo a cabeça sobre a mesa, soluçando e gritando: "Mãe Santíssima, me tira a vida!"

Ele retornou em fevereiro – quando ela já havia enterrado por completo, dentro de si, qualquer esperança de vê-lo, nem sequer uma única vez mais na vida.

Era como se tudo de antes também retornasse.

Ele titubeou ao vê-la, tanto ela emagrecera e murchara todinha, tanto seus olhos estavam desencorajados e tristes. Também ela titubeou e logo ao primeiro instante: ele também lhe parecia outro, envelhecido, estranho e até mesmo desagradável – os bigodes ficaram como que maiores, a voz, como que mais áspera, sua risada e sua conversa, enquanto ele despia o casaco no vestíbulo, eram desmedidamente altas, soavam falsas, era-lhe constrangedor olhá-lo nos olhos... Mas ambos tentaram ocultar tudo um do outro, ao passo que não tardou para que tudo voltasse a ser como antes.

Depois, aquela época terrível tornou a se aproximar novamente – a época da partida. Ele jurou-lhe defronte a um ícone que chegaria na Semana Santa, já para ficar o verão todo. Ela acreditou; mas pensou: "E no verão, então, como fica? De novo, que nem agora?". Isso já lhe era pouco – precisava ser ou tudo igualzinho a antes e não só uma repetição, ou uma vida com ele, sem divisões, sem separações, sem novos sofrimentos, sem a vergonha de esperas vãs. Ela, porém, tentava extirpar de si esses pensamentos, tentava imaginar toda aquela felicidade do verão, quando teriam tanta liberdade para si em tantos lugares... – fosse noite ou dia, fosse no jardim ou no campo, fosse na eira... E ele ali, por muito, muito tempo, ao seu lado...

Na véspera de sua nova partida, a primavera já prenunciava, clara e ventosa. Atrás da casa, o pomar se agitava e o tempo todo não cessava de se ouvir, levado pelo vento, o latido bravio e impotente, entrecortado, dos cachorros que estavam junto à boca de um buraco, no pinheiral: dentro dele havia uma raposa que fora apanhada em uma armadilha pelo encarregado dos bosques de Kazakova, que a levara até lá.

Ele, deitado de costas no divã, olhos fechados. Ela, ao seu lado, mão na cabecinha triste. Ambos permaneciam calados. Finalmente, ela sussurrou:

— Petrúcha, o senhor está dormindo?

Ele abriu os olhos, olhou a leve escuridão do quarto, que se clareava pela esquerda, por uma luz dourada da janela do canto:

— Não. Que foi?

— O senhor não me ama mais, não é? Me desgraçou à toa... — disse ela, tranquila.

— Mas por que à toa? Não fale besteira.

— Isso é pecado. E agora, para onde é que eu me mando?

— Mas por que você tem que se mandar para algum lugar?

— Só que o patrão, de novo, vai embora para esta sua Moscou! E o que é que eu vou fazer aqui sozinha?

— O mesmo que fazia antes. E, depois, eu estava falando sério: chego na Semana Santa para ficar o verão inteiro.

— Sim, pode até ser que sim... Só que, antes, o senhor não me falava estas palavras: "E por que você tem que se mandar para algum lugar?". O patrão gostava mesmo de mim, falava que mais especial que eu nunca tinha encontrado. E eu não sou mais a mesma de antes?

Não, não é, pensou ele. Mudara terrivelmente. Até de corpo parece que ficou mais minguada, dá para ouvir todos os ossinhos.

— Minha época já foi — disse ela. — Teve uma época em que eu corria logo para o senhor, alegre que só, mas morrendo de medo: "Ah, graças a Deus, a velha pegou no sono". Agora, nem dela tenho medo...

Ele levantou os ombros:

— Eu não te entendo. Passe para mim um cigarro da mesinha...

Ela passou os cigarros. Ele o acendeu:

— Não entendo o que há contigo. É que, simplesmente, a tua saúde não vai bem...

— É por isso, então, que não vê mais graça em mim? E do que é que eu estou doente?

— Você não me entende. Eu estou falando que tua alma é que vai mal. Porque, pensa, por favor, no que aconteceu: de onde você tirou que eu não te amo mais? E por que vem sempre com a mesma história: teve uma época, teve uma época...

Ela não respondeu. A janela iluminava, o pomar rumorejava, chegavam os latidos entrecortados, bravios, desesperançados, chorosos... Quietinha, ela desceu do divã e, com as mangas comprimindo os olhos, repuxando a cabeça, encaminhou-se suavemente, de meias de lã, para a porta do gabinete, que dava para a sala de visitas. Ele chamou-a em tom baixo e áspero:

— Tânia.

Ela se voltou, respondeu quase inaudível:

— Que quer?

— Venha cá.

— Para quê?

— Estou falando, venha cá.

Ela se aproximou, obediente, cabeça baixa para que ele não percebesse que todo o seu rosto estava banhado em lágrimas.

— Então, o que quer?

— Sente e não chore. Dá um beijo, vai? — Ele sentou-se, ela sentou-se perto dele e abraçou-o, soluçando em silêncio.

"Meu Deus, o que fazer?" – pensou ele, em desespero.

— De novo, essas lágrimas de criança, num rosto quentinho de criança...

Ela nem desconfia de toda a força do meu amor por ela! E o que eu posso fazer? Levá-la comigo? Para onde? Para levar que vida? E no que isso vai dar? Prender-me, arruinar minha vida para sempre? E começou a murmurar com rapidez, sentindo como também suas próprias lágrimas faziam cócegas em seu nariz e lábios:

— Tânietchka, alegria da minha vida, não chora, não – escuta: eu chegarei na primavera para passar o verão inteiro e, de verdade, nós iremos juntos para o "jardim verdinho" – eu ouvi essa tua cançãozinha e nunca me esquecerei dela – vamos de novo à mata de charabã... Você lembra de quando voltávamos da estação de charabã?

— Ninguém vai me deixar ir com você! — murmurou com amargor, agitando a cabeça no peito dele, tratando-o por "você" pela primeira vez. — E você não vai a lugar nenhum comigo...

Mas ele já ouvia na voz dela uma alegria tímida, uma esperança.

— Vou, Tânietchka, vou! E não ousa mais me tratar por "senhor". E não ousa mais chorar...

Ele a pegou por debaixo de suas pernas em meias de lã e a colocou, tão levinha, no seu colo:

— Vai, fala: "Petrúcha, eu te amo muito!"

Embotada, ela repetiu, soluçando entre as lágrimas:

— Eu te amo muito...

Isso foi em fevereiro do terrível ano de dezessete. Então, foi a última vez na vida que ele esteve na aldeia.

Outono frio

Em junho daquele ano ele se hospedou na nossa propriedade – nós sempre o tivemos como um dos nossos: seu pai, falecido, era amigo e vizinho de meu pai. Em quinze de junho[1] assassinaram Ferdinando,[2] em Sarajevo. Na manhã do dia dezesseis, trouxeram os jornais da caixa de correio. Tendo em mãos um vespertino de Moscou, meu pai saiu do gabinete para a sala de jantar, onde mamãe e eu ainda estávamos à mesa de chá, e disse:

— Bem, meus queridos, a guerra começou! Em Sarajevo o príncipe herdeiro da Áustria foi assassinado. É guerra!

No dia de São Pedro[3] vieram muitas pessoas à nossa casa – era o dia onomástico[4] de meu pai – e, no almoço, anunciaram-no como meu noivo. Mas em dezenove de julho a Alemanha declarou guerra à Rússia...

---

1 Búnin mantém a datação referente ao Calendário Juliano, que era adotado na Rússia até a Revolução. Este dia, de acordo com nosso calendário, equivale a 28 de junho de 1924. (N.T.)

2 Francisco Ferdinando (1863-1914), herdeiro do Império Austro-Húngaro, cujo assassinato desencadeou a 1ª Guerra Mundial. (N.T.)

3 Pelo Calendário Juliano, em vigor na época, dia 29 de junho. Ver Glossário *Dia de São Pedro*. (N.T.)

4 No batismo ortodoxo, costumava-se dar à criança o nome de um santo, de forma que o dia atribuído ao santo no calendário religioso tornava-se seu dia onomástico. (N.T.)

Em setembro ele veio nos visitar por um dia apenas – queria despedir-se antes da partida para o fronte (como, naquela época, todos achavam que a guerra acabaria logo, nosso casamento foi adiado para a primavera). Então chegou nossa noite de despedida. Depois do jantar, como de costume, serviram o samovar e olhando as janelas, embaçadas pelo seu vapor, meu pai disse:

— Que outono impressionantemente precoce e frio!

Naquela noite, nós ficamos sentados em silêncio, apenas raramente trocávamos palavras insignificantes, exageradamente tranquilas, escondendo nossos pensamentos e sentimentos secretos. E também com uma simplicidade fingida meu pai falou do outono. Eu me aproximei da porta da varanda e esfreguei o vidro com um lencinho: no jardim, no céu preto, estrelas claras e gélidas brilhavam de forma aguda, com luz. O pai fumava, depois que se atirara à poltrona, olhando distraidamente a lâmpada quente pendurada sobre a mesa. Mamãe, de óculos, cosia cuidadosamente, sob sua luz, um saquinho pequenininho de seda – nós sabíamos que saquinho era aquele – e aquilo foi não só tocante, mas horrendo. Meu pai perguntou:

— Então, ainda assim, você quer ir amanhã cedinho? Não depois do café?

— Sim, se o senhor permitir, cedinho — respondeu ele. — É muito triste, mas eu ainda não cuidei para que providenciassem todo o necessário em casa.

Papai suspirou levemente:

— Então, como quiser, meu querido. Só que neste caso, já está na hora de mamãe e eu dormirmos, já que queremos ir, sem falta, nos despedir de você amanhã...

Mamãe se levantou e abençoou seu futuro filho, ele se curvou em direção à mão dela e depois em direção à mão do pai.

A sós, deixamo-nos ficar na sala de jantar – eu, pensando em jogar paciência, ele – andando de um canto para outro, em silêncio. Depois perguntou:

— Não quer passear um pouco?

Em minha alma tudo ficava cada vez mais pesado, indiferente. Acedi:

— Está bem...

Enquanto nos vestíamos no vestíbulo, ele continuou a pensar em algo e, com um risinho doce, lembrou-se dos versos de Fet:[5]

Que outono mais frio!
Vista seu xale e sua capa...

— Capa não tem! — disse eu. — E como continua?

— Não me lembro. Parece que é assim:

Veja – em meio a faias que pretejam
Como que se ergue um incêndio...

— Que incêndio?

— O nascer da lua, claro. Existe certa graça de outono, algo campestre, nesses versos. "Vista seu xale e sua capa..." Coisa dos tempos de nossos avôs e avós... Ah, meu Deus, meu Deus!

---

5 Afanássi Afanássevitch Chenchin (Fet, por pseudônimo) (1820-1892) foi um célebre poeta russo muito apreciado por Búnin. (N.T.)

— O que há?

— Nada, alma minha. Ainda assim, é triste. Triste e boa. Eu te amo muito, muito...

Agasalhados, atravessamos a sala de jantar em direção à varanda e saímos para o jardim. No começo, estava tão escuro que eu fiquei segurando sua manga. Depois, no céu que clareava, galhos escuros começaram a se desenhar, salpicados de estrelas que brilhavam, qual minerais. Detendo-se, ele voltou-se para a casa:

— Olha, vê como as janelas da casa estão acesas de um jeito completamente singular, outonal. Se eu viver, vou me lembrar desta noite para sempre...

Eu olhei e ele me abraçou. Vestida com minha capa suíça, tirei do rosto um xale de lã e inclinei levemente a cabeça para que ele me beijasse. Depois de me beijar, fitou-me.

— Como seus olhos brilham! — disse ele. — Não está com frio? O ar está praticamente invernal. Se me matarem, mesmo assim, você não se esquecerá de mim de imediato?

Eu pensei: "E se, de repente, o matarem mesmo? Será possível que ainda assim eu me esquecerei dele, depois de certo tempo – pois, no final das contas, não se esquece de tudo?". E respondi com pressa, amedrontada pelo meu pensamento:

— Não fale assim! Eu não sobreviverei à sua morte!

Depois de silenciar-se por instantes, ele articulou vagarosamente:

— Mas que é isso... Se me matarem eu vou te esperar lá. Viva mais um pouco, aproveite as coisas boas da terra, depois vem ficar comigo.

Eu comecei a chorar amargamente...

Pela manhã, ele partiu. Mamãe colocou em seu pescoço aquele saquinho fatal, que ela cosia à noite – nele tinha um iconezinho dourado, que seu pai e seu avô haviam usado na guerra – e nós o abençoamos com uma certa desolação abrupta. Vendo-o partir, ficamos junto à porta de entrada, com aquele embotamento que sempre há quando se despede de alguém antes de uma longa separação, sentindo somente a incompatibilidade impressionante entre nós e a manhã que nos rodeava, alegre, ensolarada, fulgurante com a geada sobre o campo. Deixamo-nos ficar e depois entramos na casa que se esvaziara. Eu andei pelos quartos com as mãos nas costas, sem saber o que fazer, então, comigo mesma – se cair em prantos ou pôr-me a cantar a plenos pulmões...

Mataram-no – que palavra estranha! – dali a um mês, na Galícia.[6]

E agora, desde então, passaram-se ao todo trinta anos. E muito, muito se passou durante esses anos, que parecem tão longos, quando atentamente se pensa nisso, quando se remexe na memória tudo isso, isso que é mágico, incompreensível, inconcebível tanto à razão quanto ao coração, chamado passado.

Na primavera de dezoito, quando nem meu pai nem mamãe já se encontravam entre os vivos, eu morava em Moscou, no subsolo de uma vendilhona da feira de Smoliénsk,[7] que sempre me escarnecia: "E então, dona condessinha, como é que vai essa sua vidinha?". Eu também me dedicava ao comércio, vendia, como muitos naquela época, a soldados de *papákha* e capotes desabotoados, alguns pertences que haviam me sobrado –

---

6 Região oeste da Ucrânia e sul da Polônia. (N.T.)

7 À época, a conhecida Feira de Smoliénsk, situada na região central de Moscou, era um centro popular de comércio de roupas, livros e objetos usados. (N.T.)

um anelzinho aqui, uma cruzinha ali, uma golinha de pele carcomida pela traça, e eis que foi bem ali, vendendo na esquina da Arbat com a feira, que encontrei uma pessoa rara, de alma magnífica, um militar idoso reformado, com o qual logo me casei e com quem, em abril, parti para Ekaterinodár.[8] Seguimos por duas semanas, também em companhia de seu sobrinho, garoto de uns dezessete anos, que estava tentando alcançar os voluntários[9] – eu, de camponesa, calçando *lápti*, ele de *zipún* cossaco surrado, com barba preta encompridada e um tanto grisalha – e lá ficamos, no Don e no Kuban,[10] por mais de dois anos. No inverno, durante uma tempestade, navegamos de Novorossísk[11] até a Turquia, com uma gente incontável, outros refugiados e, durante o percurso, no mar, meu marido morreu de tifo. Depois disso, de parentes próximos, restaram-me no mundo inteiro apenas três pessoas: o sobrinho do meu marido, sua jovem esposa e a filha deles, um bebê de sete meses. Mas o sobrinho e a esposa também partiram para a Crimeia, depois de certo tempo, para juntar-se ao Wrangel,[12] deixando o bebê em minhas mãos. E foi lá que eles desapareceram sem dar notícias. Eu ainda fiquei muito tempo em Constantinopla, vivendo ambas à custa de trabalho reles, pesado. Depois, como tantos, onde é que eu não fui parar com ela! Bulgária, Sérvia, Chéquia, Bélgica, Paris, Nice... Há tempos a menina cresceu, ficou em Paris, tor-

---

8 Atual Krasnodár, capital da região administrativa de mesmo nome, cerca de 1.400 km a sul de Moscou. (N.T.)

9 Voluntários do Exército Branco. (N.T.)

10 O rio Don fica entre Moscou, ao norte, e Krasnodar, ao sul, sendo que esta é banhada pelo rio Kuban. (N.T.)

11 Importante cidade portuária à sudoeste de Krasnodár, na costa do Mar Negro.

12 O barão Piotr Nikoláievitch Wrangel era então o comandante-chefe das forças brancas na Crimeia, Mar Negro, último baluarte contrarrevolucionário, que chegou a ter um governo independente, dirigido pelo próprio comandante. (N.T.)

nou-se completamente francesa, muito graciosa e completamente indiferente a mim; ela trabalhava numa loja de chocolates perto da Madeleine,[13] empacotando caixas em papéis de seda e amarrando-as com cordõezinhos dourados com suas mãozinhas de monge e unhinhas prateadas. Quanto a mim – morei e ainda moro em Nice, com o que Deus me dá... Eu estive aqui pela primeira vez em 1912 – e então, naqueles dias felizes, poderia eu pensar no que esta cidade seria para mim?

Foi assim que sobrevivi à morte dele, depois de um dia dizer, irrefletidamente, que não sobreviveria a ela. Mas, lembrando tudo aquilo que eu sobrevivi desde então, sempre me pergunto: "Pois é... E, ainda assim, o que existiu em minha vida?". E me respondo: "Somente aquela noite fria de outono. Será que ela chegou a acontecer mesmo?". Apesar de tudo, sim. E isso foi tudo o que existiu nela – o restante, isso é um sonho inútil. E eu acredito, acredito ardentemente: lá, em algum lugar, ele está esperando por mim – com o mesmo amor e a mesma juventude daquela noite. "Viva mais um pouco, aproveite as coisas boas da terra e, depois, vem ficar comigo." Eu vivi, aproveitei e, agora, logo chegarei lá.

---

13 Igreja Madeleine. (N.T.)

O corvo

Meu pai era parecido com um corvo. Isso me veio à cabeça quando eu ainda era menino: uma vez eu vi na *Nivá*[1] um desenho de Napoleão num penhasco, com sua pancinha, metido num culote branco e botinas pretas, ao que logo ri de alegria: a figura lembrara-me dos quadrinhos de *Viagens polares de Bogdánov* e Napoleão me pareceu tão semelhante a um pinguim que depois, triste, pensei: "E meu pai se parece com um corvo...".

O pai ocupava um importante cargo na capital de nossa província, o que ainda mais o estragara, pois creio que, até mesmo naquela sociedade burocrata à qual ele pertencia, não havia pessoa mais pesada, carrancuda, calada e friamente impiedosa com palavras e com suas ações calculadas do que ele. Baixo, denso, um tanto corcunda, rudemente moreno e escuro, de rosto longo e barbeado, narigudo, ele era, realmente, um corvo escrachado, sobretudo quando, de fraque preto, frequentava as noites filantrópicas da nossa primeira-dama. Nelas, em pé, firme e acorcovado, ele ficava junto às barracas decoradas à semelhança de isbás, ou volvia sua grande cabeça de corvo, esguelhando seus olhos de brilho corvino para quem dançava ou se aproximava da barraca, como para a esposa daquele boiardo – uma dama alta, de brocados, *kokóchnik* e com

1 Revista em quadrinhos então muito popular em São Petersburgo. (N.T.)

um nariz tão rosa, esbranquiçado de pó, que mais parecia postiço – sorrindo no quiosque, que estendia taças rasas com um *champagne* amarelo e barato, naquela mão grande, repleta de brilhantes. Há tempos meu pai era viúvo e tinha dois filhos, nós. Éramos apenas os dois – eu e minha pequena irmã Lília – e quartos enormes e espelhadamente limpos, que brilhavam, frios e vazios, em nosso amplo apartamento no primeiro andar de um prédio público, cuja fachada se voltava para o bulevar de álamos dentre a catedral e a rua principal. Felizmente, eu morava em Moscou há mais de um ano e meio, estudava no Liceu de Katkóv, e ia para casa apenas nas férias de Natal e de verão.

Naquele ano, entretanto, deparei-me com algo absolutamente inesperado. Concluíra os estudos do Liceu naquela primavera e, vindo de Moscou, fiquei pasmo: sem dúvida, o sol reluzia de repente em nosso antes morto apartamento – todo ele se alumiava com a presença daquela jovem de andar leve: haviam substituído aquela velhota comprida e esquálida, parecida com uma estátua de um santo medieval esculpida numa tábua, a babá de Lília, que então contava com oito anos. Naqueles dias, a menina pobre, filha de um dos mais inferiores subalternos de meu pai, estava infinitamente feliz já que, afinal, tudo se arranjara tão bem logo após o ginásio e já que, depois de minha chegada, havia na casa um coetâneo. Mas na presença de papai, durante nossos almoços cerimoniosos, como ela era tímida e como se amedrontava, inquieta, observando minuto a minuto aquela de olhos negros – Lília –, que era igualmente calada, porém ríspida, não apenas em cada um de seus gestos, mas também em seu silêncio, como que a esperar permanentemente por algo, desafiadora, agitando sempre a cabeça escura! Já meu pai, antes do almoço, tornara-se irreconhecível. Não mais lançava olhares graves ao velho Gúri quando ele lhe levava a refeição vestindo luvas de crochê. Volta e meia falava alguma coisa – lento, porém falava –, logicamente dirigindo-se apenas a ela, com cerimônia, chamando-a pelo nome e patronímico, "prezada Elena Nikoláievna", e assim ensaiava até mesmo uma troça e um sorriso. E ela tanto se perturbava que respondia apenas com um sorriso sem jeito, enrubescendo seu rosto fino e meigo – rosto de menina magra, loira, cujos pequenos seios encobertos pela leve blusa branca, umedecida pelo suor quente e jovem de suas axilas, seriam notados com dificuldade. Durante o almoço ela nem se atrevia a levantar-me os olhos: eu lhe era mais terrível que meu pai. Mas, quanto mais ela fazia que não me via, mais friamente meu pai me esguelhava: não apenas ele, como também eu, havíamos compreendido e sentido que por trás daquele esforço silencioso em não me ver, em ouvir meu pai e observar a má, inquieta e calada Lília, eu estava completamente salvo de qualquer temeridade – qualquer feliz temeridade de nossa sorte comum, a de estarmos próximos um do outro. Durante seus afazeres da noite, meu pai bebia chá, servido sobre a escrivaninha do escritório, sempre na sua grande xícara com bordas de ouro; já agora ele tomava o chá conosco, na sala de jantar, e ela se sentava atrás do samovar – a essas horas Lília já dormia. Vestindo um paletó comprido e largo, com forro vermelho, ele saía do gabinete, sentava-se na sua poltrona e estendia-lhe sua xícara. Ela a completava até as bordas, como ele gostava, e com as mãos trêmulas a devolvia, servindo assim a mim e a si, em seguida ocupando-se de um trabalho manual qualquer que a fazia franzir o cenho, enquanto ele, sem pressa, examinava-a e falava coisas muito estranhas:

— Loira como é, o negro ou o vermelho lhe caem bem, cara Elena Nikoláievna... Combinaria muito bem com o seu rosto um vestido de cetim preto dentado, de gola alta, à *moda de* Maria Stuart, coberto por pequenos brilhantes.... Ou um vestido como os dos tempos da Idade Média, de veludo vermelho, com um decote não muito grande e uma cruzinha de rubi... Um pequeno casaco de pele azul-escuro, com veludo de Lion e uma boina veneziana também combinariam com a senhorita... Tudo isso, claro, não passa de um sonho — dizia ele, pondo-se a sorrir. — Ao todo seu pai recebe de nós 75 rublos por mês e, como se não bastasse, além da senhorita restam ainda cinco filhos; isso significa que, na melhor das hipóteses, passará a vida toda na pobreza. Mas, como se diz, que mal há em sonhar? Os sonhos reanimam, dão força e esperança. E depois, será mesmo possível que nenhum sonho por um acaso se torne realidade? É raro, sabe-se, é muito raro, mas alguns se realizam... Pois não é que há pouco tempo um cozinheiro da estação ferroviária de Kursk ganhou duzentos mil com um bilhete premiado? Um simples cozinheiro!

Ela tentava aparentar que achava tudo uma brincadeira gentil, forçava-se a olhá-lo e a sorrir enquanto eu, como se nada ouvisse, dispunha as cartas do jogo de paciência Napoleão. Uma vez ele foi ainda mais longe – voltando-se para onde eu estava, disse de repente:

— E provavelmente este jovem também tem um sonho: logo o paizinho vem a falecer e ele então poderá nadar em dinheiro. Mas na verdade, ninguém nadará em lugar algum, pois não haverá onde nadar. Alguma coisa papai há de ter, nem que uma pequena propriedade de algumas milhares de *deciatinas*[2]

2 Antiga medida agrária russa cuja unidade equivalia a 1,09 hectares. (N.T.)

de terra preta na província de Samara... Mas é pouco provável que ela fique ao filho, já que ele não tem tanto amor assim pelo seu pai, além do que, o menino sairia um esbanjador de primeira linha...

Eu me lembro muito bem dessa última conversa – era noite de São Pedro. Na manhã daquele dia meu pai saiu para a catedral e de lá iria para um desjejum na casa do governador, pois era dia onomástico dele. Como durante a semana ele não tomava café em casa, tivemos a refeição a três. Ao final, quando em vez dos grissinis preferidos de Lília trouxeram pudim de cerejas, ela pôs-se a gritar com Gúri, a bater os punhos na mesa, jogando o prato no chão, chacoalhando a cabeça e se engasgando com seu terrível e estridente pranto. Conseguimos arrastá-la para o quarto por entre coices e mordidas nas nossas mãos, depois de implorarmos que ela se acalmasse e jurarmos que puniríamos o cozinheiro cruelmente, ao que ela finalmente se acalmou e adormeceu. E quanto não havia de ternura pulsante em tudo isso – nesse esforço em comum por arrastá-la, roçando nossas mãos umas nas outras! Os relâmpagos ora ou outra reluziam através dos cômodos escuros e os vidros fremiam com as trovoadas. No pátio a chuva ruía.

— Como ela se agitou com a tempestade! — disse ela alegre, à surdina, quando entrávamos no corredor. De repente, estacou:

— Oh! Fogo!

Em passos rápidos corremos para a sala de jantar e escancaramos a janela – bem à nossa frente os bombeiros subiam o bulevar, apressados e fragorosos. Como se a carga d'água aniquilasse a tempestade, chovia a cântaros nos álamos – e sob o bramido das carroças que conduziam aqueles capacetes de cobre, bombeiros com mangueiras e escadas, ao som das sinetas que guarneciam os arcos de cada um dos negros cavalos e ao rumor dos paralelepípedos da ponte sob as ferraduras galopantes, o clarim soou a advertência, terna e diabolicamente brejeira. Em seguida, da ponte onde ficava, disparou o alarme frenético dos sinos da Igreja de Ivan, o Guerreiro...[3] Bem próximos um do outro na janela, de onde vinha o cheiro de água e do pó úmido da cidade, parecia apenas que olhávamos e ouvíamos tudo com inquietação perscrutadora. Depois, vieram as últimas carroças trazendo algo parecido com um imenso tanque vermelho e meu coração então começou a bater mais forte, o cenho carregou-se e eu peguei sua mão mortiça, caída ao longo dos quadris, olhando sua face como que a implorar por ela, agora pálida, lábios entreabertos e peito cheio, como se seus olhos claros e repletos de lágrimas também implorassem, envolvi seus ombros e pela primeira vez na vida me esvaí no frio terno daqueles lábios de garota... Depois disso nem um único dia se passou sem nossos frequentes e como que acidentais encontros, ora na sala de visitas, ora na antessala, ora no corredor e até mesmo no escritório de meu pai, que chegava apenas à noite – nem um único dia sem esses fugazes e desesperadamente longos encontros, insuficientes e intoleráveis em seus beijos insolúveis. Papai, sentindo alguma coisa, parou de sair para o chá na sala de jantar e tornou-se novamente calado e carrancudo. Mas nós já não mais prestávamos atenção a ele e ela se tornara mais calma e séria durante o almoço.

No começo de julho, Lília empanturrara-se de framboesas, adoecera e durante o seu lento restabelecimento a acamada ficava desenhando com lápis coloridos as cidades de contos

---

3 Ou João, o Guerreiro, santo dos ofendidos e injuriados.

populares em grandes folhas de papel, depois penduradas em um painel, enquanto ela, a contragosto, não saía do quarto, bordando junto à cama uma pequena camisa malo-russa – afastar-se era impossível: Lília exigia algo a cada minuto. Já eu, na casa vazia e silenciosa, perecia do ininterrupto e torturante desejo de vê-la, beijá-la e apertá-la contra mim; sempre sentado no escritório de papai, pegava algo das estantes de sua biblioteca e me esforçava para ler. Assim estava eu aquela vez, sentado, à tarde. De repente, seus passos leves e rápidos fizeram-se ouvir. Eu larguei o livro e dei um salto:

— E então, dormiu?

Ela acenou negativamente.

— Ah, não! Você não sabe como é... Ela pode ficar dois dias sem dormir que para ela isso não é nada, como para todos os loucos! Enxotou-me para que procurasse aqui uns lápis amarelos e alaranjados...

E, caindo em prantos, aproximou-se e escondeu a cabeça em meu peito:

— Meu Deus! Quando isso tudo terminará? Diga a ele, finalmente, que você me ama, que não importa o que ocorra, nada no mundo nos separará!

E, com o queixo levantado, rosto banhado em lágrimas, abraçou-me intempestiva, prendendo-me com um beijo. Segurei-a contra mim e levei-a ao sofá – poderia eu algo discernir ou mesmo de algo me lembrar naquele momento? Mas, da soleira do escritório uma leve tosse fez-se ouvir: num lance de olhos por sobre seus ombros vi que meu pai, em pé, nos observava. Depois, virou-se e, acorcovando-se, retirou-se.

Nenhum de nós compareceu ao almoço. À noite, Gúri bateu na porta: "Seu pai pede-lhe que vá ter com ele". Eu en-

trei no escritório. Ele estava sentado na poltrona defronte à escrivaninha e, não se voltando a mim, começou a falar:

– Amanhã você partirá para passar todo o verão na minha aldeia em Samara.[4] No outono irá para Moscou ou Petersburgo procurar emprego. Caso ouse não me dar ouvidos, privo-lhe da herança para sempre. E não apenas isso: pedirei amanhã mesmo ao governador que imediatamente lhe deporte sob escolta para a aldeia. Agora vá e não mais apareça diante de meus olhos. O dinheiro para a passagem e algum trocado você receberá amanhã por um criado. No outono escreverei a meu escritório na aldeia para que lhe deem alguma soma para o começo da vida na cidade. Não tenha a esperança de vê-la até a partida. Isso é tudo, meu caro. Vá.

Nessa mesma noite eu parti para a província de Iaroslavl, para a aldeia de um dos meus colegas de liceu, e lá fiquei até o outono. Então, apadrinhado por seu pai, entrei para o Ministério das Relações Exteriores em Petersburgo e escrevi ao meu pai que para sempre renunciava não apenas a sua herança, mas também qualquer tipo de ajuda. No inverno soube que ele deixara o serviço e também se mudara para Petersburgo, "com uma jovem e encantadora esposa", segundo me disseram. E numa noite, entrando na plateia do teatro Mariinski, alguns minutos antes de levantarem a cortina, de repente vi ambos. Eles estavam sentados no camarote ao lado do palco, em cujo balcão havia um binóculo de madrepérola. Ele de fraque, acorcundando-se, qual corvo, lia atentamente o programa, cerrando um olho. Ela, mantendo-se leve e ereta, com os cabelos loiros num penteado alto, olhava com vivacidade ao

---

4 Região de Samara, cuja capital dista cerca de 600 km a sudeste de Moscou. (N.T.)

redor – no lustre morno e resplandecente, na plateia lotada que chiava suavemente, nos vestidos de festa, fraques e uniformes que entravam no camarote. No seu pescoço brilhava um fogo escuro, um pequeno crucifixo de rubi, as mãos finas, porém já arredondadas, estavam desnudas e um broche de rubi prendia a túnica de veludo escarlate ao ombro esquerdo...

Glossário

Aldeia As aldeias geralmente consistiam de uma única rua de terra batida, ao longo da qual se alinhavam as isbás, seus lotes de terra e, não raro, uma igreja. As menores aldeias tinham quatro famílias, já as maiores, cerca de vinte. No outono e primavera, devido à neve derretida e à chuva, a rua principal tornava-se praticamente intransitável. A aldeia tinha costumes rurais: não apenas as pronúncias e expressões da língua eram distintas, mas também as roupas, havendo portanto a "moda da cidade" e a "moda da aldeia". Nela, os habitantes – camponeses – mal podiam compreender a vida sem os cerimoniais da igreja, já que a religião penetrava a vida diária num nível mais profundo do que na cidade ou em outros países. Logo, o calendário ortodoxo organizava, inclusive, os planos de trabalho: quando arar a terra, quando semear, desbastar e colher era determinado de acordo com as datas comemorativas ou dias de santos. Sua economia era gerada pela propriedade senhorial a que ela pertencia, sendo que muitas aldeias estavam circunscritas dentro de uma única propriedade. Quando a aldeia crescia, havendo comércio, igreja e às vezes a representação de algum órgão governamental, ela já era tida como um povoado. Se ainda maior, possuindo, por exemplo, escola e hospital, chegando a ser uma referência regional, o povoado já era um centro distrital independente da propriedade senhorial, sob o qual se circunscreviam as populações das aldeias e povoados.

Armiák Casaco característico dos camponeses russos, de aspecto e confecção muito rústicos, sem colchetes ou botões. O tradicional *armiák* possui corte semelhante ao de um roupão: folgado, longo até as canelas e de mangas compridas, ele é amarrado por uma cinta ou faixa na altura da cintura. O tecido, uma grosseira trama de lã, era o mesmo utilizado para a confecção de sacos de armazenagem.

Bachlik Gorro de lã ou feltro, então parte da vestimenta do exército: vestiam-no sobre o quepe ou chapéu do uniforme, à semelhança de um capuz avulso. O *bachlik* era feito de uma ampla carapuça com duas longas abas que se estendiam a partir das orelhas – de tão compridas, tais abas se enrolavam ao redor do pescoço, servindo de cachecol.

Bárichnia Filha solteira de um senhor de terras. A palavra, no diminutivo, remete à hierarquia social.

Canto vermelho No canto oposto ao forno russo ficava o chamado canto vermelho ou canto bonito, que é o sentido original de "vermelho". Nessa quina de parede, sempre voltada para o sudoeste (para o princípio da luz, ou seja, Deus), havia uma prateleira onde descansava pelo menos um ícone e uma lamparina acesa. Esse pequeno oratório era tido como o local mais limpo, mais honorável da isbá e era complementado com uma mesa e bancos ao longo das paredes, logo abaixo do ícone. Aqui a família se reunia para as refeições diárias e comemorativas, as casamenteiras montavam os pares e discutiam os dotes, os homens negociavam suas posses. Muitos costumes ligados ao canto vermelho ilustram a religiosidade do povo: quem não fosse membro da família jamais se dirigiria ao canto sem ter sido expressamente convidado; os primeiros e últimos grãos das colheitas, bem como dinheiro, eram ali dispostos, como simbólica oferta a Deus; nele realizavam-se orações diárias e nenhum morador entraria em sua casa sem fazer o sinal da cruz e curvar-se para o santo, bem como ninguém deixaria sua isbá sem antes orar, pedindo proteção.

Conselheiro de Estado Efetivo Quem vestia essa patente civil, a quarta mais alta na Rússia tzarista, ocupava cargos de governadores e prefeitos. Em aliança com outros representantes do poder público, tais Conselheiros influenciavam diretamente o tzar e a nobreza.

Dia de São Pedro O 12 de julho, segundo nosso calendário, é dedicado à memória dos apóstolos Pedro e Paulo, outro marco do calendário ortodoxo. Historicamente, contudo, o feriado é dedicado ao sol, já que a data assinala o fim do verão e início do outono. Logo, o sincretismo religioso fez dessa uma data comemorada tanto por ritos ortodoxos como por festas populares, nas quais, envolvidos por fogueiras, canções, danças e jogos, as pessoas esperam o pôr do sol, que nessa estação chega em horas avançadas. Importante ressaltar que a data guarda um caráter casamenteiro: brincadeiras amorosas eram a tônica das festas e a tradição eslava pregava que os namorados fossem apresentados aos pais, enquanto esses planejavam a união de seus filhos.

Forno russo Esses enormes fogões à lenha feitos de barro ocupavam geralmente um terço da área da isbá, dominando o ambiente e dando a todos os moradores a proteção e amparo tão necessários ao clima da Rússia. Suas funções eram muitas e de vital importância: nele cozinhavam e assavam, destrinchavam animais, faziam banhos, secavam roupas e grãos, preparavam o mingau dado às criações; sobre sua ampla plataforma dormia toda a família no inverno. Mas seu diferencial eram as diversas aberturas na longa fornalha, voltadas ao interior da isbá, que iluminavam o interior da isbá. Na época dos contos, a maioria dos fornos da Rússia central não tinha chaminé, logo, a fumaça saía por qualquer abertura, pretejando quase toda a casa. As isbás com fornos dotados de um tipo primitivo de chaminé – o forno russo branco (porque não pretejava de fuligem) – eram menos comuns e refletiam um avanço técnico e social para a época, pois eram mais limpos e agradáveis. O forno era tão importante na realidade do camponês que toda a aldeia era convidada a construí-lo, por ocasião da construção de uma nova isbá: não apenas toda a família giraria ao redor dessa fonte de calor imprescindível, como a prosperidade material e espiritual de seus membros, sobretudo nos momentos de maior dificuldade, estava associada a um forno bem feito.

Ginásio Instituição de ensino na Rússia tzarista, corresponderia à parte do ensino fundamental e a todo o ensino médio no Brasil.

Gorodovói Mais baixa patente da guarda civil na Rússia tzarista, cuja função era policiar o trânsito de pessoas e seges. Armados com um sabre curvo e geralmente hostis, policiavam a pé e apenas sua aparência costumava ser suficiente para impor a ordem.

Isbá As casas artesanais feitas de troncos ou tábuas, assentadas com lama e cobertas com palha contam muito sobre os hábitos e valores da população. Consideradas por etnógrafos como a voz viva dos camponeses, elas revelam toda a intimidade de um povo. A isbá geralmente não superava 20 m^2, dos quais um terço era ocupado pelo forno russo, e era constituída de um cômodo central, um vestíbulo e um porão ou sotão não aquecidos, portanto, inabitáveis, que serviam de depósito. Já o cômodo central servia para diversos fins: nele cozinhavam, comiam, dormiam e recebiam visitas; nele as mulheres fiavam lã, bordavam, confeccionavam roupas e os homens consertavam suas ferramentas, trançavam suas *lápti* e cestos de palha, remendavam as redes de pesca; nesse cômodo se banhavam, bebês nasciam e pessoas morriam. Nesse pequeno espaço muitas gerações compartilhavam o mesmo teto ao mesmo tempo, inclusive recém-casados. Cada isbá tinha um pequeno lote de terra cultivado apenas no verão, seja para consumo próprio ou para complemento da renda da família. No inverno, as isbás, escuras e úmidas, eram lameadas e pouco ventiladas; para sobreviver ao frio, filhotes de animais eram trazidos ao cômodo central, usufruindo assim da proteção do forno, o que dava ao ambiente aspecto e cheiro característicos. As isbás podiam variar de tamanho e localização de acordo com as posses do proprietário.

Iuródivi Figura característica da cultura popular russa, que materializa a devoção do povo nos princípios cristãos de ascetismo e sofrimento para se chegar à Deus. Andarilhos, alimentam-se da caridade alheia, vestem pouca ou nenhuma roupa, não obstante os prolongados invernos russos. Seu estilo de vida se pauta pela auto-flagelação, logo, muitos usam regularmente pesadas correntes de ferro para esse fim (*verígui*); alguns fazem voto de silêncio, já outros falam por enigmas, transmitindo aos crentes suas vidências e adivinhações. Por levarem "uma vida de cão", o cachorro era um antigo símbolo desse fenômeno, chamado de *iuródstvo*. A interpretação popular o vê de duas maneiras opostas: como um sábio asceta que, atendendo a um chamado de Deus, tem o dom de realizar milagres após recusar os confortos mundanos, ou como um louco, cujos milagres não passam de coincidência. Esta última acepção dá origem à palavra *iuródivi*, pois esta deriva de *urod* ou seja, monstro, degenerado; logo, o termo também é sinônimo de "pessoa insana".

Kokóshnik Adorno de cabeça utilizado pelas mulheres: ele se erguia verticalmente sobre a testa e cobria toda a cabeça, sendo amarrado com uma fita atrás. Era decorado com bordados, pérolas e ouro, de acordo com as posses da proprietária; roupa típica russa.

Kossovorótka Tradicional camisa russa com ou sem gola alta, mangas longas e comprimento quase na altura do joelho, utilizada por homens. De corte folgado, as *kossovorotki* podiam ser simplesmente brancas ou ter barrados coloridos, com apliques ou bordados à mão, confeccionadas em algodão ou linho. Esse camisão leve, utilizado tanto por camponeses como por senhores de terra (como ilustram muitas fotografias de Tolstói), era geralmente amarrado na cintura por uma faixa. A abertura da gola, que descia até o peito, era presa por botões ou colchetes – nunca ao centro, mas ao lado: acredita-se que para evitar que a corrente com a cruz caísse, durante os trabalhos manuais.

Kvas Cerveja não alcoólica, obtida a partir da fermentação de pão de centeio. Bebida nacional russa, muitas vezes de fabricação caseira, tal refresco há séculos é bastante apreciado pela população.

Lápti Sandálias artesanais feitas, bem como bolsas, porta-garrafas e tantos outros apetrechos rurais, de palha trançada. As *lápti* eram amarradas até o joelho, geralmente sobre uma grossa camada de meias que se erguia perna acima. Utilizados em qualquer clima, esses eram os calçados típicos dos camponeses russos e, devido à simplicidade, aludem de imediato à Rússia tzarista e à rusticidade do mujique (singular: *lápot*).

Likhátch Nome dos cocheiros de sege que na Rússia tzarista, mediante altas somas, não hesitavam em atravessar a cidade a toda velocidade, chegando a chicotear transeuntes que lhes atrapalhassem o caminho. Atualmente, a palavra é sinônimo de motorista imprudente e agressivo.

Makhórka Tabaco da pior qualidade, o fumo mais barato, cujo uso era muito difundido entre os camponeses.

Máslienitsa Festa popular e análoga ao carnaval que celebra o final do inverno e início da primavera. Um dos principais costumes desta comemoração é o preparo de um tipo de panqueca – os *blini* – cujo formato redondo alude ao sol, simbolizando, portanto, seu retorno. Por dias a fio o feriado é celebrado com desfiles, competições, corridas a cavalo, passeios de *troika* e tradicional queima de espantalho, sobretudo no último dia de festa – o Domingo do Perdão. Atendendo aos costumes ortodoxos, nesse dia as pessoas pedem perdão pelos seus pecados e no dia seguinte iniciam um jejum de sete semanas, que dura toda a Quaresma e termina na Semana Santa.

Papákha Chapéu de pele alto e cilíndrico, com o topo chato, que fazia parte do uniforme de inverno do exército russo.

Podióvka Tipo de casaco masculino de meia-estação, feito de linho ou lã. Longo até os joelhos e de gola alta, a *podióvka* tinha muitas pregas atrás, na altura da cintura, e corte reto na frente, onde se prendia ao longo do corpo, pela lateral.

Proguimnásia Instituição de ensino na Rússia até 1917, corresponderia aos primeiros anos do ensino fundamental no Brasil. A escola preparava as crianças para o ingresso no ginásio.

Propriedade senhorial Consistiam de pequenos ou grandes lotes de terra providos de um complexo arquitetônico cujas dimensões e produtividade variavam de acordo com as posses do dono. Tomando como exemplo uma propriedade abastada, esse complexo compreendia diversos espaços: o pátio senhorial era geralmente composto pela casa do cocheiro, estábulo, aviário, eira e celeiro; não longe dali estava a casa senhorial, junto à qual havia um anexo para hóspedes e para os servos domésticos. Os camponeses que trabalhavam junto ao pátio ou à casa senhorial possuíam geralmente maior prestígio social, pois conviviam diretamente com os patrões e usufruíam de maior conforto do que os demais camponeses, que moravam nas aldeias ou povoados do senhor. O território da propriedade contava também com cocheira, carpintaria e estufa de plantas, e abrangia diversos tipos de matas (de árvores específicas ou somente de mudas, ou então voltadas para extração ou caça), jardins, campinas e clareiras, poços d'água, colmeais, charcos, açudes, pomares, além de aldeias, povoados e até mesmo igreja. Quanto menor a propriedade, menos recursos ela possuía.

Raskólnik Literalmente, "cismático", aquele que segue uma corrente religiosa ortodoxa cristã dissidente. Os *raskólniki* eram contra as reformas realizadas e consolidadas, ainda na Rússia antiga, pela igreja ortodoxa cristã russa oficial. De origem modesta, abstêmios, eles preservavam simples virtudes, como a honestidade e o trabalho pesado, logo, em sua maioria, prosperavam e contribuiam para o desenvolvimento econômico do país e para a formação da crescente burguesia. Entretanto, eram intolerantes e conservadores a tal ponto que evitavam o contato com "hereges" o quanto possível, pois temiam ser contaminados por outras ideias.

Schi Um dos pratos nacionais russos: sopa feita a base de caldo de carne, repolho e vinagreira, de sabor levemente azedo.

Sviátki Nome do período que compreende duas semanas de festas de inverno: dia do nascimento de Cristo até o dia de seu batismo. Esse marco do calendário ortodoxo, precedido de um jejum de seis semanas, é celebrado por comemorações diárias e íntimas, mas também por inúmeras formas de previsão do futuro: simpatias, de jogos de cartas ou outras práticas com galinhas, gatos, fogo, vela, etc. Inspiradas na tradição dos antigos eslavos, acredita-se que essa é a melhor época para se entrar em contato com as forças ocultas que regeriam a vida das pessoas.

Tchúika Casaco de inverno masculino, de corte folgado, semelhante a um cafetã, porém com mangas longas e abotoado na frente. Feito de feltro geralmente escuro, tratava-se de uma roupa da cidade, sendo muito popular entre artesãos, comerciantes e, em parte, camponeses influenciados pela moda citadina. Seu comprimento ficava em torno do joelho e a gola, quando havia, era revestida de veludo ou pele.

Uriádnik Patente da polícia na Rússia tzarista, servia apenas nos distritos regionais, no interior do país. O posto mais baixo da época.

Válienki Botas de feltro, então artesanal, folgadas e sem nenhum tipo de amarração ou presilha, que chegam quase à altura do joelho. Esse calçado simplório e típico, estritamente de inverno, continua em uso nos dias atuais.

Zipún Um tipo de cafetã bem folgado, porém mais curto e levemente acinturado, abotoado na frente. Sem gola nem forro, feito de feltro artesanal e utilizado por homens e mulheres, era a vestimenta para qualquer estação do ano.